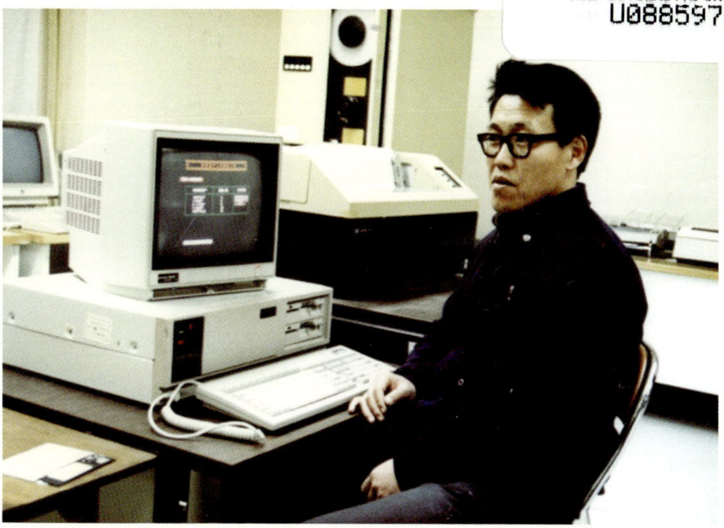

·1985年于机房·

·1989年优秀党支书照（资料室）·

• 1998年6月夫妻合影于劳动公园 •

• 1999年于办公室 •

• 2000年1月于美国俄勒冈科技研究院 •

• 2003年5月6日夫妻合影于劳动公园 •

•2007年2月18日夫妻与子媳•

•2007年捐赠校友林，欧进萍校长发证书•

• 2011年5月于滨海路 •

• 2011年五一劳动节于龙王塘赏樱花 •

• 2012年3月夫妻合影于丹东 •

·2014年6月夫妻合影于东港公园·

·2015年8月3日夫妻合影于承德避暑山庄·

·2016年2月夫妻合影于山西乔家大院·

• 2016年7月 •

• 部分教材 •

• 奖杯 •

2004/8/21 星期六　24小时有奖新闻热线:84323110

非常关注　A5

纪念邓小平诞辰100周年

小平给了我参加高考的机会

29岁成了恢复高考后辽宁省首位高考状元的韩大卫教授说,恢复高考的深远意义今天看得更为清楚

小平故事

邓小平送出的一张中国股票

B2 大连晚报 棒棰岛新闻周刊 特别策划

恢复高考30年

同学拉我进高考考场

在北票做了五年农民

一家五兄弟 同年入大学

在北票当了五年农民 七七级辽宁省高考状元

清华拒我,我拒清华

本刊新闻热线 84353789

文/图 本报记者 林芝

恢复高考30

一家五兄弟 同年入大学

边伺候"月子",边读大学

老大	大连理工大学
老二	大连理工大学
老三	东北财经大学
老四	华中工学院
老五	华中师范大学

韩大卫和两个好朋友一起复习高考并留影。

• 报纸翻拍 •

诗苑采撷

——韩大卫诗选

韩大卫◎著

大连理工大学出版社
Dalian University of Technology Press

图书在版编目(CIP)数据

诗苑采撷 : 韩大卫诗选 / 韩大卫著. — 大连 : 大连理工大学出版社, 2018.1

ISBN 978-7-5685-1274-9

Ⅰ. ①诗…　Ⅱ. ①韩…　Ⅲ. ①诗集—中国—当代
Ⅳ. ①I227

中国版本图书馆 CIP 数据核字(2017)第 319698 号

大连理工大学出版社出版

地址:大连市软件园路 80 号　邮政编码:116023

发行:0411-84708842　邮购:0411-84708943　传真:0411-84701466

E-mail:dutp@dutp.cn　URL:http://dutp.dlut.edu.cn

大连住友彩色印刷有限公司印刷　大连理工大学出版社发行

幅面尺寸:140mm×210mm　印张:10.75　插页:4　字数:280 千字

2018 年 1 月第 1 版　2018 年 1 月第 1 次印刷

责任编辑:朱诗宇　责任校对:施　雨

封面设计:奇景创意

ISBN 978-7-5685-1274-9　定　价:48.00 元

序

本人韩大卫，1948 年 5 月出生于辽宁省大连市；1955 年 9 月至 1968 年 10 月，在大连第二十四中学附小、初中、高中学习；1968 年 10 月，作为知识青年到本省朝阳市北票县桃花吐公社下乡插队；1973 年底，回城被分配到大连无线电三厂当工人；1978 年初，以辽宁省“高考状元”的优异成绩被大连工学院（现为大连理工大学）录取；1982 年 1 月毕业，同时留校到管理工程系（现为管理与经济学部）任教；2008 年 8 月退休。

本书作为本人诗选，收录了自中学以来各个时期创作的诗词歌谣。内容按形式分为四部分：一、古体（包括“诗”和“词”两部分）；二、古风（包括“回文”和“杂言”等五部分）；三、今采（包括“诗”和“歌”两部分）；四、交汇（即“古体”与“今采”交汇，名为“巡场札记”）。

由于本人平生作为学生只有两所母校，即辽宁省重点中学之一的大连第二十四中学和教育部重点大学之一的大连理工大学，因此书中收录了本人为两所母校创作的歌曲（仅录入歌词部分）。而“巡场札记”则是本人作为知识青年的代表作。本书原件源于本人以睿智铁胆为笔名的新华网博客。因此，书中选录了本人题诗对博友文作的一些随感或评语。在本书末尾还收录了几位博友对我做的评语题诗，仅供参考。

由于本人自参加工作以来，大多数时间都在大连理工大学度过，因此在本书末尾还附录了一篇2003年自我介绍的撰文"学苑精耕耘　教坛勤探索"，供读者了解本人这一时期的概况。

2017年3月

目　录

古体　　诗

古体　　词

古风　回文

古风　杂言

古风　四言

古风　　五言

古风　　七言

今采　诗

今采　歌

交汇　　巡场札记

古体诗

五　律

秋海棠

绿叶衬花红，一枝醉意浓。
淡妆风物雅，浓抹爽姿雄。
不憾花芳少，偏怜叶色同。
谁识真俊主，遍视百花中。

1969 年 6 月 12 日上午 10 时
于金家沟青年点

七　律

与革命青年共勉

青春唤我向高冲，无畏艰难上顶峰。
世纪风云浮眼下，大同宏景展胸中。
炬心燃亮千年夜，剑志劈除万代穷。
敢为马坛新谱曲，锋芒指处赤潮汹。

1969 年 12 月 13 日

七　律

答　询

今生负我皆谈笑，患难真情信自豪。
不恨弱身盘古怨，非狂完体女娲嘲。
夏芒日憾浮云蔽，冬润梅欢瑞雪飘。
甘效昌黎勤与苦，休评瀚海浪谁高。

1969 年末
于北票桃花吐金家沟青年点
后据记忆修订补遗

七　律

答黄老师

杨意未逢荐我谁？钟期既遇谢君推。
无缘有望桃花吐，有意无闻喇筒吹。
金在沙中埋烨彩，水从日下假光辉。
傲权岂仰俯高首，卑位宁居务末微。

1971 年 4 月 14 日
于李家窝铺

七　律

念　父

沉默火山愈烈喷，壮心未已志如焚。
披灯阑夜精犹健，闯阵枪林胆更贞。
权贵骄滋无益事，位卑苦炼有心人。
倾身效奋门合勇，勤为人民砺血魂。

1971 年 4 月 16 日写于李家窝铺
2008 年 9 月 26 日修订于香海花园

七　律

思　母

慈母恩深骨肉亲，廿年教养苦经心。
不眠织补赢长夜，无怨辛劳睦满门。
忧患如焚天绽泪，斥邪似沸地惊音。
笃情脉脉贞行善，挚意绵绵厚馈仁。

1971 年 5 月 5 日写于李家窝铺
2008 年 10 月 26 日修订于香海花园

七　律

和陆游《书愤》

少艾未谙世事艰，高山仰望志摩天。
放舟沧海扬雄棹，跃马银河甩傲鞭。
长悟英才堪磨难，始知真谛恰平凡。
人生最贵多奉献，坦荡胸襟陌路宽。

1995 年 3 月 31 日
于工人村家中

七　律

致光甸[①]

2002 年 4 月 26 日

五载别离忆故人，光阴荏苒爱弥深。
朝霜暮雨千寻路，松骨竹风百铸身。
瀚宇寂寥长梦影，青山肃穆久萦音。
呜呼光甸今安在，酹酒铭文恸奠亲。

附注：

① 为母代笔，代表全家人祭奠父亲韩光甸。

七　律

巾帼英雄赞

——贺中国女足亚洲杯夺冠

自古神州坤隽涌，武天威振帝王风。
木兰马踏狼烟灭，红玉鼓鸣忾浪冲。
晓旭神奇凭虎跃，韩端飒爽任龙腾。
中华少女多壮志，遍地小丫竞英雄。

2006 年 7 月 31 日
于香海花园家中

七　律

迎　春

春风送暖柳梢青，华夏盎然万物兴。
奕丽金光彦捷旺，清馨兰甸涵水盈。
江南海北满欣泪，地烬天烧皆激情。
先烈回眸应笑慰，大旗正道尽人行。

2007 年 3 月 6 日
于香海花园家中

七　律

为　公

2007 年 7 月 15 日

古今至理盖为公，马列精髓蕴义中。
横贯人伦荣或辱，纵玄世道灭和隆。
家庭福幸凭由共，社会旺兴赖以同。
服务人民心碑树，千秋谁领众英雄。

——刊登于 2008 年 9 月 16 日大连理工大学报

七　律

致恩师焕文[①]

学在大工沐教严，光阴荏苒信弥坚。
勤勤恳恳垂师范，业业兢兢表率贤。
厚意笃情深似海，匠心睿智浩如天。
恩师虽去神犹在，笑慰淳风代代传。

2007 年 7 月 16 日于母校

附注：

① 焕文：笔者攻读大学期间所在 77 级数学师资班首届班主任唐焕文。

七 律

韵

2007 年 12 月 9 日

时已初冬，每逢此际，浮想联翩，感慨良多。
尤忆雄词，沁园春雪，振聋发聩，绝响千古。
畅欣恸怒，素漫神东，谨以此诗，咏以纪之。

素来萌兴醉心扉，
漫向诗丛觅奥微。
畅效稼轩英未老，
欣从太白浪无回。
恸挥后主清新泪，
怒啸放翁沌彻雷。
神笔润之千里雪，
东坡月映万年辉。

——刊登于 2007 年 12 月 31 日大连理工大学报

七　律

咏金兰[①]

2008 年 8 月 5 日

兰韵天香自润扉，
如梭日月总相随。
温馨淡雅一生净，
素欲清心百事规。
隽影亭亭依荟萃，
彦节脉脉沁芳菲。
良量是世勤和苦，
冠贯轮伦颖与瑰。

附注：

① 代表全家人祭奠母亲燕捷（原名严金兰）。

七　绝

人间正道

2008 年 9 月 4 日

天人合一睦伦寰，
蓝色文明势已残。
和煦东风八万里，
中华再灿五千年！

七　绝

圣　火

2008 年 9 月 7 日

身残今士志无残，
炯目铁拳拱五环。
劲臂擎天挥圣炬，
不屈心火竞相燃。

五　绝

诚望赐言

2008 年 9 月 10 日

何诩存知己，
无须羡比邻。
通灵期有遇，
惠教互倾欣。

五　绝

自　戒

2008 年 9 月 11 日

英才常寂寞，
孤傲自烦心。
落地凡夫子，
随安可立身。

七　律

月览秋情

2008 年 9 月 11 日夜阑

流月夜轮又瑟风，心高远眺立峰晴。
常娥已会嫦娥去，后羿可期后裔升。
天阙寂寒咸少兴，人寰温暖自多情。
乌云尽扫乾坤定，岁岁中秋朗朗清。

七律

重阳

2008年10月7日夜阑

其一

重阳漫步雄心畅，往事悬眸矢志昂。
乡野轻身拂热浪，城郊硕发抹寒霜。
几番心血长书帐，卅载功名大学堂。
慧眼菊雏花竞放，匠心柳稚叶期扬。

其二

今身进退重阳畅，往事沉浮热血昂。
乡野青眉拂夜瘴，城郊硕发抹晨霜。
一朝名就状元档，卅载功垂大学堂。
惠眼菊蓉花竞放，沁心葵薯味回香。

附注：

全诗一韵四对到底。

倒读成仄韵七律：

七　律

重　阳

2008 年 10 月 8 日上午

其一

匠心柳稚叶期扬，慧眼菊雏花竞放。
卅载功名大学堂，几番心血长书帐。
城郊硕发抹寒霜，乡野轻身拂热浪。
往事悬眸矢志昂，重阳漫步雄心畅。

其二

沁心葵薯味回香，惠眼菊蓉花竞放。
卅载功垂大学堂，一朝名就状元档。
城郊硕发抹晨霜，乡野青眉拂夜瘴。
往事沉浮热血昂，今身进退重阳畅。

七　绝

为博友兰台放歌
彩照《歌咏秋潮》即作

莫道“天凉好个秋”，
情欣地暖喜丰收。
天骄遍野红如火，
热辣金风荡苦愁。

2008 年 11 月 3 日
于香海花园家中

七　绝

为博友遐思之猴
彩照并文《白桦林的秋天》（散文诗）即作

休言城满黄金甲，
只看天镶白桦林。
帝阙争风乏正道，
民间仗义鉴贞心。

2008 年 11 月 3 日
于香海花园家中

五　绝

回博友含章
为我拍彩照《湖光雪峰》配诗即作

妙哉诗配画，
神笔绽彩霞。
意远飞黄鹤，
情深暖洒家。

2008 年 11 月 3 日
于香海花园家中

五　绝

为博友遐思之猴
彩照并文《故乡》（散文诗）即作

最美故乡情，
春风绿意浓。
遐思孙大圣，
石顽也心融。

2008 年 11 月 5 日
于香海花园家中

五　绝

回博友遐思之猴
为吾文《渴望光明》留言即作

往事启尘封，
当年奋慨情。
天翻心未老，
地动志长青。

2008 年 11 月 3 日
于香海花园家中

五　绝

题皇城一兵《临江仙·送战友》

耿耿好男身，
拳拳报国心。
军旗迎风雨，
赤胆献人民。

2008 年 11 月 7 日
于香海花园家中

五　绝

为博友秦淮子《诗照梦回三姓庄》即作

韵荡气清馨，
雾迷眼忘神。
伏枝垂绿水，
倩影静香村。

2008 年 11 月 9 日
于香海花园家中

七　绝[1]

恭和叶宏社《笔魂》

2008 年 11 月 22 日

金功润墨虎扬威，
玉手挥毫凤烁辉。
日月倾心天醉蔚，
山河畅意地欣菲。

【附】

笔　魂

叶宏社

英雄点笔虎生胆，
豪杰落墨龙腾天。
神注日月天地动，
气惯山河云雨翻。

附注：

① 全诗每句韵同。

五 律[①]

咏 竹

2008 年 11 月 24 日

贞翠[②]叶无娇，
姿悠梗不挠。
虚心灵易净，
劲骨雪难凋。
耿直千峰立，
清馨万苑飘。
亭亭谐凤逸[③]，
节节向天高。

附注：

① 全诗八句四对。

② 贞翠：谓竹常年翠绿、永不变色的贞品。

③ 谐凤逸：传说凤凰喜竹。

七　律

往　来

——读《称谓的笑话与启思》一文有感

2009 年 4 月 1 日

姓名字号有尊卑，陈腐也能显赫规。
放火点灯留笑柄，摹狐扮虎逞酸威。
诤言善意虔和手，佞语狂心厉蹙眉。
坦荡胸怀真赤子，来污犯蔑去无回。

五　绝

童　真

——转载小笑话有感

2009 年 4 月 6 日

童趣笑舒身，童心爱煞人。
人情多冷暖，最贵是童真。

七 绝

时 感

2009年4月6日

清明时节汇清华，
春意盎然劲嫩葩，
浩脉炎黄恩泽盛，
沁心红雨泪桃花。

五 绝

春 思

——题汉水伊人博文《最是红豆起相思》

2009年4月30日

红豆一新枝，
春深系笃思。
泪崩莹盛采，
甘苦自心知。

七　绝

题汉水伊人《对苦难说“不”》

2009 年 5 月 25 日

人生起点不由身，
命运前程勿赖人。
苦难相随轻索欲，
甘心遍旅重还恩。

七　绝

恭和南飞君《端阳怀古》

2009 年 5 月 28 日

长夜已临破晓篇，
延安保卫战犹酣。
人间正道沧桑变，
永烨心头圣火燃。

七　绝

题汉水伊人《千古一叹宋徽宗》

2009 年 6 月 28 日

风流倜傥罕才人，
淫逸骄奢败祖君。
世袭龙庭堪笑止，
星移月落换乾坤。

五　绝

赤　子

——题秀野踏青《干部考核管理的几点拙见》

2009 年 7 月 3 日

皓皓酬民志，
拳拳报国心。
堂堂真勇士，
耿耿挚同仁。

五　绝

题兰台放歌《诗二首·瀚墨馨香万象裁》

2009 年 7 月 30 日

瀚墨润馨香，
兰台赋雅章。
放歌鸿鹄志，
流韵雨轩窗。

七　绝

恭和含章君《诗二首·岳飞》

2009 年 8 月 1 日

赫赫功名话岳飞，
铁流万里振军威。
叹将直捣黄龙策，
换作风波血泪挥。

五绝二阕

题秦淮子《梨园春》

2010 年 6 月 3 日

（一）

往事系灵台，
梨园少小来。
援石频奋臂，
果爽笑颜开。

（二）

玉瓣漫山崖，
遥岑赛雪花。
至今思美曲，
嘹亮喀秋莎。

五　绝

恭和半轮辙《五言乐府·禁毒之歌》

2010 年 7 月 5 日

信笔舞蛇龙，
刚铭镌鼎钟。
宏诗扬大义，
皓节颂英雄。

五　绝

和桦林雪《浪淘沙·故地怀友》

2010 年 8 月 2 日

道合论鸿谋，
倾襄志未酬。
真朋潸远泪，
故地旷荒丘。

五　绝

题半轮辙《南歌子·秋江》

2010 年 9 月 12 日

秋风凌万壑，
秋雨漾千河。
秋韵思忧愤，
秋情畅劲歌。

五　绝

和桦林雪《七绝·踏叶秋林》

2010 年 9 月 25 日

霜叶染沧桑，
秋容各赤黄。
金风鸣硕曲，
零落诉炎凉。

五　绝

和半轮辙《孤舟独饮》

2010 年 9 月 30 日

轻舟一叶江，
淳酒两眸光。
锦鲤龙门跃，
金风虎口香。

五　绝

和芮西钟《直抒》

2010 年 10 月 6 日

信自舞长旌，
欣然唱大风。
兴诗抒壮志，
泼墨洒豪情。

五　绝

和芮西钟《高新开发》

2010 年 11 月 11 日

年年广运筹，
月月巧通谋。
日日勤精计，
时时慎考究。

五　绝

和正直骑士《初雪》

2010 年 11 月 20 日

初雪气清新，
湮沦世浊尘。
人寰循正道，
天意朗乾坤。

五　绝

和刘家庆《五律·冬湖》

2010 年 12 月 21 日

暮雪覆菡萏，
芦风荡岸船。
沉沉灵迹罕，
漠漠碧湖寒。

五　绝

和半轮辙《五律·雪月》

2010 年 12 月 27 日

皓浩雪中情，
幽悠月下声。
清倾千韵颂，
丽历万方鸣。

五　绝

题一路边光《腊月寒山》

2011 年 1 月 9 日

沉凄腊月天，
孤胆闯寒山。
不畏风刀厉，
唯忧饿虎眈。

五　绝

和湘阿阳《七绝 · 长城》

2011 年 1 月 28 日

万里古长城，
千秋显赫名。
国中临好汉，
天下慕群英。

五　绝

和青藤《五绝 · 祭祀婶娘有感》

2011 年 1 月 30 日

万古叹人生，
长扬魏武情。
夕阳犹未晚，
辉映尽光明。

五　绝

题刘家庆《美人映月》

2011 年 2 月 20 日

一轮皓月明，
万颗烁星莹。
百态娉婷女，
千般妩媚情。

五　绝

题月照明眸《清平乐 · 除夕祭祖》

2011 年 2 月 25 日

炎黄后裔仁，
祭祖谢天恩。
华夏泱泱韵，
神州处处春。

五　绝

题耕田老骥《春雨》

2011 年 3 月 16 日

甘霖融久旱，
春雨润无垠。
五岳三川畅，
千家万户欣。

五　绝

和桦林雪《五律 · 东谷春初》

2011 年 3 月 17 日

雪野烁天盈，
冰河卧地宁。
清林悠素谷，
红日暖春风。

五　绝

题荆川子《初夏的眸子》

2011 年 5 月 29 日

春光遥目渺，
夏景亮眸骄。
有爱风情好，
无私道义高。

五　绝

题秦淮子《燕子情》

2011 年 5 月 30 日

北往觅春晖，
南来筑屋楣。
轻盈灵妙舞，
勇毅向高飞。

五　绝

题桦林雪《七绝·拾架豆杆儿》

2011 年 6 月 2 日

躯戕断落残，
不屈志犹坚。
立地身艰挺，
高昂向碧天。

五　绝

题隐形老鸥《七律·书诗祭父敬心香》

2011 年 6 月 20 日

笑貌音容灿，
红心铁骨坚。
家严身惠教，
浩爱重如山。

五　绝

感复六合居士《无争》

2011 年 7 月 23 日

纷扰世无争，
琴棋韵墨情。
耕耘潇洒乐，
淡泊度平生。

五　绝

秋　泪

——感复秋色伊人《秋波媚·秋露》

2011 年 8 月 19 日

万紫千红落，
千青万翠残。
晶莹涓滴泪，
挂茎烁眸前。

五　绝

题梅傲雪《秋风萧瑟思百灵》

2011 年 9 月 16 日

秋瑟草原风，
寒心觅百灵。
昔情贞永在，
何日再相逢？

五　绝

题涂雅哉《月下笛 · 航标即兴赋》

2011 年 10 月 19 日

浩海夜惊声，
高台试点兵。
任凭风浪卷，
破阵勇前行。

五　绝

题桦林雪《七绝·止浴潭边》

2011 年 10 月 19 日

林桦濯高缨，
湔尘志欲清。
碧潭澄澈映，
罢浴养心明。

五　绝

和璞如子《过松树山及山城子山》

2011 年 11 月 13 日

葫东两跃山，
过眼叹烽烟。
兵燹何时灭，
大同举世欢。

五　绝

和耕田老骥《冬晓即景》

2011 年 11 月 23 日

妙韵颂晨冬，
丰情硕意浓。
无心忧耄紫，
有欲醉曦红。

五　绝

题寸心寸断《月扇含羞》

2011 年 12 月 2 日

月扇纤纤手，
蛾眉亮亮眸。
轻遮恬妹忸，
虚掩慕郎羞。

五　绝

题旭曦《让爱远行》

2011 年 12 月 8 日

北来雨竹声，
南去雪松风。
鸿雁双情载，
芳灵一线萦。

五　绝

题月照明眸《七言·致——老书生两章》

2011 年 12 月 11 日

恒心克世艰，
学苑励精研。
桃李弥天下，
书生快慰恬。

五　绝

题秦淮子《团圆宴》

2012 年 1 月 29 日

谐聚庆龙年，
群歌舞畅欢。
百家千米宴，
春节喜团圆。

五　绝

和吉灵《寒坞》

2012 年 2 月 16 日

冰雪锁河舟，
苍凉古渡头。
昏鸦旋秃柳，
如梦画中游。

五　绝

题爱多说话《年味的变迁》

2012 年 2 月 20 日

天地仰清明，
山河尚净澄。
人间崇善性，
世上贵真情。

五　绝

和漠漠孤烟
《五绝・次韵蝴蝶庄生先生〈寒江独钓〉》

2012 年 2 月 22 日

江畔垂孤影，
直杆柳下翁。
无鱼求圣主，
愿者上钩中。

五　绝

题半轮辙《自然·天威》

2012 年 2 月 29 日

剑壁峭云端，
天河堕火帘。
神差风雨雪，
鬼使倒春寒。

五　绝

题月照明眸《南乡子·月亮总升起》

2012 年 3 月 25 日

皓月映明眸，
英年不怨愁。
登高辽望远，
壮志冀何酬。

五　绝

题星湖野鹤《七绝·五月江南春未归》

2012 年 5 月 5 日

江南春景秀，
人在画中游。
野鹤仙歌奏，
星湖美韵流。

五　绝

题庞辉 1926《春光送暖　闪老赠书》

2012 年 5 月 5 日

书山友谊珍，
学海感情深。
华著长牵手，
精诗永镌心。

五　绝

题月照明眸《七言・翻地》

2012 年 6 月 16 日

一块地翻深，
二锨苦累身。
三生何有幸，
四季俪和欣。

五　绝

题桦林雪《七律・端阳晨采岭上致妻》

2012 年 6 月 30 日

绿水醉青山，
清风瑞气仙。
夫妻谐旅乐，
天地共翩跹。

五　绝

题冷雪霜寒《梅花》

2012 年 9 月 21 日

身欣不媚身，
春唤不贪春。
遒韵迎冬劲，
温馨透气馨。

古体词

沁园春

学王杰[①]

思德求恩[②]，
朴理真言[③]，
句句振隆。
看行间字里，
畅容世界；
身旁事际，
耿秉雷锋；
蔑死循公，
甘辛献己，
蹈火赴汤屡异功。
真英烈，
展新风奕采，
一路前缨。

浩然气贯长虹，
顶天地臂挥缚鳄鹏。
壮焚斎喋血，
瑞光[④]重现；
鞠躬尽瘁，
俊影常萦；
楷耀神州，
忠烨赤县，

四卷雄文励永生。
承伟业，
洒青春热血，
效慰杰灵。

1965 年 11 月 13 日写于望海街家中

2008 年 9 月 21 日修订于深圳华侨城客栈中

附注：

① 王杰烈士是济南军区驻江苏徐州某部工兵一连五班班长。1965 年 7 月 14 日，在一次爆破训练中，为掩护 12 名民兵而英勇牺牲。

② 兼誉张思德、白求恩。

③ 真言：指王杰日记。

④ 瑞光：寓英烈董存瑞、黄继光。

卜算子

读甲申、永军应和同词有感

万代数风流，
高傲多英艾。
谈古论今奋慨时，
激语狂形外。

岁月易红颜，
壮志今何在？
仰慕苍松四季青，
鉴惋鲜花败。

1969 年 11 月 19 日

写于北票桃花吐金家沟青年点

水调歌头

长　征

漫漫人生度，
矢志系灵台。
趋身艰险无阻，
圣地井冈来。
不畏严冬酷暑，
哪顾风餐露宿，
信步挺胸怀。
万水千山过，
晓色雾中开。

风云变，
苍穹幻，
起阴霾。
蛮荒形定迷寞，
笑望远方白。
几度栉风沐雨，
一往顶天立地，
壮气亘无衰。
勇续长征路，
奋骑绝尘埃。

1969 年 12 月
写于北票桃花吐金家沟青年点
后据记忆补遗修订

江城子

致同窗学友

卅年重聚识遒松
节如钟
气如虹
半世浮沉
对酒笑峥嵘
最是同窗情谊切
心若炽
意如童

回眸少艾志凌空
错筹觥
论英雄
沥胆披肝
追梦壮歌冲
自古人生谁无憾
衷不悔
信无庸

2002 年 9 月 10 日，教师节

满江红

自　勉

日月如梭
匆匆过
沧桑巨变
惊回首
年逼花甲
飞思无限
四载清心勤与苦
卅年素欲精和隽
最温欣
桃李遍天涯
凭心愿

中华起
神州唤
兴教育
垂师范
作人梯直上
科学顶殿
无悔青春风雨度
有缘盛世功德鉴
快加鞭
余岁更争先
多奉献

2007 年 7 月 16 日于母校

忆秦娥

中秋夜

今宵月
赋吟万代中秋夜
中秋夜
远朋欢聚
离情难却

遥期我伴天弦乐
会当豪放歌无阕
歌无阕
高山仰止
知音何邂

2008 年 9 月 14 日阑夜于家中

浣溪沙

国庆抒怀

——恭和开国元勋毛泽东同词原韵

2008 年 9 月 30 日

奥运百年梦彻圆，
神七探宇凯歌还。
新华国庆乐开颜。

红日长明天地焕，
改革开放谱新篇。
科学发展共谐恬。

采桑子

云南游

2008 年 10 月 28 日

常年流水清粼滟，
可是江南？
恰是云南，
柳色湖光映雪山。

天华地硕疑神斧，
人在云端？
我在云南，
丽艳[①]香寒[②]尽畅然。

附注：

① 丽寓丽江市。丽艳指丽江风光艳丽，胜景遍布。

② 香寓香格里拉市。香寒指香格里拉地处高原，盛夏之夜仍寒气袭人。但山林湖光、高山雪峰、旷野草原，美不胜收。

忆江南

云南好

2008 年 10 月 28 日

云南好，
入境尽开颜。
四季风情一处览，
一方景色四时玄，
不尽恋云南。

清平乐

春城漫

2008 年 10 月 29 日

春留何处？
兴奋昆明赴。
讳腐滇池迟信步，
缆索横空瞰度。

岩泉禅寺凝神，
奇观巧夺石林。
迷醉星罗棋布，
城精七彩归寻[①]。

附注：

①石林探归，顺访七彩云南公园。春城精华，尽收园中。

菩萨蛮

秋　怀

2008 年 11 月 2 日

金秋丽日蓝天耀，
挥镰汗雨丰收笑。
傍晚伴清风，
放歌豪迈声。

不尝劳众苦，
情趣多酸腐。
十载务工农，
此生肝胆红。

西江月

慰马翁

资本马翁理论，
启蒙洋贾纷兴。
千丝万缕祈神灵，
一枕黄粱美梦。

铲灭剥削腐制，
赢来社会公平。
人间正道尽人行，
富裕和谐毕竟。

2008 年 11 月 3 日于家中

浪淘沙

爱

2008 年 11 月 4 日

瀚宇始人寰，
命运悲欢。
轰轰烈烈几千年。
华夏文明多灿烂，
独领中天。

万代诉情缘，
富蕴诗篇。
杯心路憬气冲天。
雪月风花声诵倦，
大爱无言。

蝶恋花

典　爱

2008年11月5日

蜜爱仙酬花蝶恋，
举案齐眉，
濡沫同呼患。
琴凤求凰银首怨，
寒窑苦守东征盼。

浩爱汗青肝胆鉴，
织剪三迁，
神斧西峰断。
武勇沙疆文耿谏，
精忠报国中华灿。

附注：

诗中含典故十余例，访客谁能答全？

渔家傲

秋　忆

万物暮秋行色遽，
天霾地旷潇潇雨。
大雁匆匆南逝去，
真抑郁，
心随落叶飘无绪。

燃忆星湾篝火聚，
涛声伴奏联欢曲。
美酒挥瓶酣畅叙，
人不距，
风歌浪舞东方旭。

2008 年 11 月 6 日于家中

念奴娇

秋　望

跃峰凝望，
沐秋风、
驱散凡尘辛咽。
粼影湖光旋梦幻，
四处青山茏樾。
天碧云镶，
神清物静，
浩气纯如雪。
江山能画，
卷抒谁是豪杰？

一炮十月冬宫，
红旗高举、
史册开新页。
国际长歌悲唤起，
几代英雄鸿业。
浮我征烟，
流连往事，
几片枫霜叶。
人心知否，
沧桑天地何烨？

2008 年 11 月 7 日于家中

十六字令六首

情缘始说

（一）天

先，
盘古劈开混沌酣。
轻清汇，
浮上化蓝天。

（二）地

循，
混沌卵开上下分。
重浊聚，
大地始沉沦。

（三）人

因，
映水女娲寞自身。
仿倒影，
和泥塑成人。

（四）性

辛，
挥蘸汤泥速洒勤。
避死困，
沿袭定乾坤。

（五）情

萌，
男欣女爱睐有逢。
昼思慕，
长夜寝无宁。

（六）缘

玄，
众觅成姻一线牵。
苦偕守，
欢悦共缱绻。

2008 年 11 月 9 日
写于香海花园家中

捣练子三阕

戏说电视剧

（一）

观电视，
剧浮空，
结果全凭巧合充。
逻辑不拘悬诡异，
胡编滥造理何通？

（二）

新作者，
太平庸，
匮缺经验懒练功。
弄巧投机人不累，
上钻下跳竞虚荣。

（三）

听奉劝，
苦练功，
深入生活学工农。
天道酬勤终不悔，
匠心独具必兴隆。

2008 年 11 月 9 日
写于香海花园家中

忆王孙

乐 神

中华乐殿唱英神，
聂耳当仁第一尊。
血肉热躯筑国门。
巨龙魂，
歌唤起来奋我们。

2008 年 11 月 10 日
写于香海花园家中

如梦令三首

淡话人生心境

（一）

古叹人生如梦，
书画琴棋龙凤。
流却万般情，
飞逝青欣黄悻。
心病，心病，
苦绪夜阑难静。

（二）

虚度气稀芳罄，
废枉意痊神定。
争世岂清平？
淡却凡尘纷竞。
心净，心净，
诚信今生如镜。

（三）

逝岁挺胸无悔，
往事扬眉无愧。
荏苒鬓霜催，
学苑匠耕葱萃。
心慰，心慰，
松翠云蒸霞蔚。

2008 年 11 月 10 日
写于香海花园家中

千秋业

（自创新词调）

2008 年 12 月 26 日

猎猎旌旗动，
熊熊战火红。
讨灭妖魔声浩浩，
正义亘穹隆。

世上巍巍业，
人间赫赫功。
奉瘁黎民心荡荡，
昊誉冠群雄。

【附】

词谱使用符号说明

用　字	平　声	仄　声	可平可仄	压平声韵	压仄声韵
标记符号	○	●	◎	△	▲

千秋业

（自创新词调）

2008年11月16日拟定

◎●○○●，
◎○●●△。
◎●◎○○●●，
◎●●○△。

◎●○○●，
◎○●●△。
◎●◎○○●●，
◎●●○△。

说明：双调四十四字，前后两阕相同，各押两平韵。
两阕首二句皆用对仗；上下两阕三、四句各互对仗。

相见欢

知　己

2009 年 1 月 16 日

比肩风采夺伦，
志凌云。
两小无猜、
携手共追寻。

疑相论，
惑无困，
气同钦。
不负赤诚肝胆，
我和君。

长相思

楷 模

2009 年 3 月 5 日

（雷锋纪念日）

长江流，
大河流，
多少来人信自游。
少年壮志遒。

为民酬，
献身酬，
岁月燃烧奕采留。
一生奋不休。

长相思

春

——有感汉水伊人诗作《银河恋曲》

2009 年 3 月 8 日

长悠思
短幽思
几树春风曳绿丝①
神迷步履踟

情已痴
念愈痴
梦断银河不语时
归鸿望眼迟

附注：

① 曳绿丝谐音夜虑思。

长相思

秋

——有感汉水伊人诗作《银河恋曲》

2009 年 3 月 8 日

长思幽
短梦幽
落叶秋风泪恨流
声萦万壑丘

情也稠
念亦稠
不见虹桥不禁愁
魂牵望月眸

生查子

胆 略

2009 年 3 月 14 日

红旗高举时，
正义心头据。
信自舞长风，
劲扫西夷去。

从来纸虎猖，
岂有英雄惧？
笑看我中华，
再立东方巨。

更漏子

功　献

2009 年 3 月 21 日

志诚坚，
情耿炽，
力举为民旗帜。
征万里，
铸千秋，
硕功兴九州。

驱强虏，
破迷雾，
信辟光明大路。
扬正义，
揽宏图，
盛名今古殊。

醉桃源

追　求

——欣读南飞君《人到光明品自高》有感

2009 年 3 月 31 日

光明磊落誉诚昭，
心红信自豪。
为民福祉首当韬，
平凡事尽劳。

心寡躁，
欲清遥，
义真奋愈骁。
一腔热血入东潮，
身灵俱可抛。

摊破浣溪沙

博客风

2009 年 4 月 8 日

西北东南一窝风，
炎凉劲婉比精声。
左右逢源难上下，
不堪称。

碰撞交流真理竞，
千言万语总关情。
存异求同消雾障，
俱光明。

醉花阴

春　念

2009 年 4 月 25 日

冷雨春光遮不住，
遥望常青树。
绝顶意登临，
雾海茫茫，
欲驾飞舟渡。

挥天放颂长征赋，
激越情如故。
未老志弥坚，
干将[①]东台，
韵贯神龙慕。

附注：

① 传说“干将”化神龙。

鹧鸪天

毛主席纪念堂

2009 年 6 月 16 日

续出乡关聚北京，
长安十里巨龙迎。
尊前颂唱东方赤，
皎皎光明栩栩生。

同理想，共长征，
天公抖擞壮吾情。
心头热泪阳春雨，
浩浩洪流汇浪瀛。

鹊桥仙

情　惜

2009 年 6 月 26 日

云天雾地，
虹桥鹊路，
爱恨两身难晤。
朝花夕雨落红尘，
岂堪慰余香如故。

威威帝胄，
芸芸黎庶，
别样人缘何睦？
如烟往事去匆匆，
愈可惜今情眷顾。

一江春水

东　流

2009 年 7 月 9 日

阴霾毒雾光明罩，
邪佞凶来暴。
犹闻耳际鼓噐声，
污蔑造谣来犯几狂疯。

威威宪法恒长在，
岂许朱颜改？
英雄铁血五星红，
九派万流汇聚涌朝东。

春晓曲

正　道

2009 年 7 月 26 日

如今政见知多少，
信仰危机犹未了。
追寻真理路何方，
向往光明谁引导？

驱云拨雾阳光照，
冰雪消融春欲晓。
全心全意为人民，
地义天经恒正道。

如梦令

信　念

2009 年 7 月 30 日

得意少年陶醉，
风雨青春无悔。
壮志在心头。
革命献身人类。
无畏，
无畏，
一往无前躬瘁。

诉衷情

军　魂

——纪念八一建军节 82 周年

2009 年 8 月 1 日

井冈山上炮声扬，
二万五征长。
驱倭讨蒋伐美，
雄赳赳，
气昂昂。

奇运策，
罕谋方，
胜持枪。
建军如铁，
战绩辉煌，
盖世无双。

小重山

真　尊

2009 年 8 月 6 日

亿万工农是主人，
无私倾热血，
献青春。
贪婪资本剥劳民，
污正教，
谬语秽天喷。

历史诲群心，
毛泽东思想，
是真尊。
同心协力再掀堙，
挥义剑，
劈灭诸瘟神。

临江仙

心　誓

2009 年 8 月 17 日

中外古今多少事，
公平可问苍天。
兴亡衰盛盖凉炎。
悠悠无尽虑，
荡荡不虚言。

烽火硝烟犹未尽，
红旗猎猎军前。
气吞万里卷狂澜。
忠魂欣慰永，
酹酒誓青山。

一剪梅

秋　兴

2009 年 8 月 20 日

一派清秋万物骄。
山舞林涛，
滩卷芦潮，
蓝蓝天上白云飘。
风侣萧萧，
圹旅迢迢。

柳暗湖明白拱桥。
浓欲欣瞧，
漫步倾遨，
流光易逝尽逍遥。
况味姣姣，
韵慰陶陶。

定风波

前　行

2009 年 8 月 26 日

莫叹零花落叶声，
疾风暴雨过天明。
山野崎岖凭信步，
寻路，
披荆斩棘向前行。

险难临来无所惧，
挥去，
一腔热血壮今生。
国际战歌长响曲，
扬律，
天涯海角友相逢。

天仙子

秋 游

2009 年 8 月 30 日

极目长空澄碧静，
沐浴秋风欣远乘[①]。
迎飞金浪掠青波，
嬉旷径，
欢野景，
迷醉荒郊如幻梦。

千仞遒峰松柏挺，
万顷净湖粼潋影。
神清气爽放歌声，
天籁应，
人尽兴，
傍晚归来回味幸。

附注：

① 乘读音 shèng，意寓车驾。

踏莎行

新华网开博周年纪

2009 年 9 月 4 日

流岁遗篇，
闲情逸致，
新华开博周年日。
抚今喜结网中缘，
追昔慰忆身旁事。

畅议箴言，
倾抒壮志，
探寻真理诚心炽。
勤耕不讳纵横谈，
笃行无愧红旗誓。

满庭芳

山林行

2009 年 9 月 13 日

淡日秋风，
层林漾舞，
傲松娇柳伴行。
绿丛红灌，
悦目爽神清。
恬美湖光山色，
鸭戏水、
喜鹊飞鸣。
悬桥上，
欢声笑语，
步履自轻盈。

风平。
休憩处，
幽荫静谧，
思绪飘零。
坎坷人生渡，
知遇何逢？
无畏峥嵘漫道，
恒心定、
一路豪情。
畅游尽，
欣然归去，
奕熠夕阳明。

何满子

人 生

2009 年 9 月 22 日

回首今生漫旅，
扪胸昨日豪情。
不懈前寻恒愿景，
崇山激水坚行。
笑望满天星烁，
喜迎遍地黎明。

枯木春风扬叶，
涸塘秋雨浮萍。
瀚宇流伦多变幻，
匆匆过客何名？
怅梦天涯绝步，
醒来再觅征程。

八声甘州

风雨行

2009 年 11 月 3 日

骤起几番冷雨，
卷狂风凄紧，
落叶凌秋。
满目疮痍露，
何处望丰收？
想当年、躬耕僻域，
志气豪、斗地战天遒。
红心炽，
千难万险，
勇奋无休。

再笑迎风雨傲苍天，
淋漓洗烦忧。
立密丛河野，
四周沉寂，
尽显东流。
眺悦乌云远逝，
一拱彩虹悠。
重返青春路，
故地神游。

古风回文

回环诗

恭和石岩壕《先声》

君子心交情若水，
交情若水气清馨。
气清馨净拂霾雨，
净拂霾雨君子心。

2008 年 11 月 20 日
于香海花园家中

回文诗

文　心

欣神畅气净心文，
气净心文惠子君。
君子惠文心净气，
文心净气畅神欣。

2008 年 11 月 21 日
于香海花园家中

回文诗

友 韵

2008 年 11 月 21 日

文精君蕴韵欣心，
蕴韵欣心咏友神。
神友咏心欣韵蕴，
心欣韵蕴君精文。

回文诗

大茶壶

——题好友含章、秦淮子诗文

2010年4月10日

湖垞[①]大茶壶殊煮茗瞩舒

(一) 五言同声

湖垞大茶壶，殊煮茗瞩舒。
舒瞩茗煮殊，壶茶大垞湖[②]。

(二) 七　言

湖垞大茶壶殊煮，
茶壶殊煮茗瞩舒。
舒瞩茗煮殊壶茶，
煮殊壶茶大垞湖。

附注：

① 垞（音 chá）——小山。

② 该句中“大”字直意为“大于”，寓意请读者自悟。

五古回文

答刘家庆《回文诗·咏柳》

2011 年 4 月 1 日

羡柳欣柳羡，
恋柳笃柳恋。
歌柳爱柳歌，
赞柳遍柳赞。

顶针诗

咏　光

——和一粒小砂《咏光·顶针诗》

2011 年 4 月 14 日

光荣属于党，
党恩万年长。
长青松巅顶，
顶天红日光。

五绝顶针诗

登泰山

——复漠漠孤烟《顶针诗·和冬未〈梦泰山〉》

2011 年 5 月 22 日

攀高步泰山，

山路漫青烟。

烟气缭迷险，

险峰勇毅攀。

五绝顶针诗

珠　峰

——和芮西钟《珠峰的胸怀》

2011 年 7 月 2 日

风雪凛珠峰，

峰高脊骨清。

清然神韵灏，

灏节傲雄风。

五绝顶针诗

桂　香

——和罗菲特《顶针诗·月下赏桂花》

2011 年 8 月 10 日

长秋肃百芳，芳净桂花香。
香气随风漾，漾情万里长。

五绝顶针诗[①]

芳　桂[②]

——和罗菲特《顶针诗·丹桂飘香》

2011 年 10 月 3 日

芳桂古来香，香飘万里扬。
扬名镶月亮，亮丽傲群芳。

附注：

① 全诗一韵到底。

② 桂可指代月亮（因传说月中有桂树）。

回环诗①

和半空云游《亭楼观春情满湖》

2012 年 2 月 17 日

亭楼舒跃览春湖，
跃览春湖情畅抒。
湖情畅抒韵碧树，
抒韵碧树亭楼舒。

附注：

① 全诗一韵到底。

古风

杂言

友

恭和半轮辙《七级浮屠·艾》

2010 年 7 月 10 日

友，
情深，
意至真。
淡泊明志，
同路一条心。
坚贞休戚与共，
高山流水畅知音。

二　言

致博友留言汇编之一

2010 年 4 月 5 日修订

（一）

受　教　　悟　道
理　奥　　义　要

（二）

勤　思　　广　注
细　梳　　深　悟

（三）

事　实　　理　豪
义　正　　德　高

（四）

欣　赏　　赞　同
互　学　　共　荣

（五）

恒　念　　行　善
诱　拒　　妄　限

二 言

致博友留言汇编之二

2010 年 6 月 21 日修订

（一）

犀 利　精 辟
有 理　有 益

（二）

诚 挚　认 真
意 澈　情 深

（三）

论 茶　品 茗
智 益　心 清

（四）评孔明恭复创造大王

创 业　造 械
大 节　王 略

（五）再评孔明

睿 思　慎 行
躬 倾　贤 能

二　言

致博友留言汇编之三

2012 年 6 月 26 日修订

（一）

理　要　　意　妙
情　炽　　心　皓

（二）

倾　心　　同　音
言　简　　谊　亲

（三）

理　直　　严　词
赞　同　　支　持

（四）

佳　联　　妙　联
奇　联　　灏　联

（五）

诚　信　　循　律
变　通　　远　虑

三　言

改革开放卅周年纪

响惊雷，煦风吹；
拨乱正，特色恢；
改革劲，开放追；
奔小康，尽大为；
发展观，科学规；
共富裕，和谐围；
人为本，同心随；
再卌载，大功垂。

2008 年 12 月 18 日
于香海花园家中

三　言

题照：天山南“古城西安初冬韵”

2011 年 11 月 17 日

宝塔矗　城楼巍
亭水静　云霞飞

枫叶红　杨柳翠
古城美　灿夕辉

览靓照　喜扬眉
初冬韵　畅心扉

三　言

致博友留言汇编（25）

2012 年 1 月 24 日修订

（一）略

（二）题秋色伊人《青玉案·闺思》

黄花病　雨打情
夜难梦　影孤灯

（三）题秋色伊人《少年游·古城梦》

美古城　丰韵情
伊人梦　久心萦

（四）题家乡的石榴《登楼即景》

喜登楼　悦望眸
人欲醉　心畅游

（五）题罗菲特《菩萨蛮·致知心网友》

陌人寰　网络连
天涯远　博有缘

两情悦　一线牵
神相会　意缱绻

（六）题月照明眸《七绝·下雨天聚饮》

冬雨纷　天幕沉
友朋聚　畅酒吟

品诙趣　赞真心
荐佳作　祝欢欣

（七）题思源慧根《静观天下》

起风雷　党旗威
团结力　兴华巍

（八）题监理眼《咏三宝》

数来宝　咏三宝
文意妙　乡韵巧

（九）略

（十）题赵作清《轻轻的一片霞》

感心言　赏美篇
情真澈　意恬绵

欣赞荐　悦欢颜
冀春禧　迎龙年

三　言

题漠漠孤烟《好事近·冬晨楼台望城景》

2012 年 2 月 16 日

少年忆，往景悉。
凭栏处，心无羁。

壮怀在，豪情系。
谁人晓，登临意。

同慰勉，普天济。
荐佳作！长思冀。

六　言

钢铁长城

——题隐形老鸥《致敬，军人》

2010 年 8 月 1 日

猎猎八一军旗，
赫赫人民子弟。
漫漫非凡经历，
烁烁丰功伟绩。

凛凛天威劲仪，
堂堂军容风纪。
奕奕豪情神采，
浩浩雄风勇气。

耿耿卫国忠心，
殷殷爱民赤意。
巍巍钢铁长城，
荡荡乾坤大义。

六　言

题梅傲雪《诗人》

2010 年 12 月 26 日

诗是阳光灿烂，
诗是花好月圆。
诗是神奇梦幻，
诗是天方夜谭。

诗是疾风暴雨，
诗是匕首利剑。
诗是为民呐喊，
诗是天良呼唤。

诗是畅欣怒怨，
诗是苦辣酸甜。
诗是冷嘲热讽，
诗是情惜韵恬。

诗是深思彻悟，
诗是即兴感言。
诗是五彩斑斓，
诗是七音和弦。

诗人天地驰骋，
诗人江海航船。
诗人纵横捭阖，
诗人心河扬帆。

诗人林林总总，
诗人古今难全。
荐君真情诗作，
世人可见一斑。

三七言

致博友留言汇编之一

2009 年 11 月 25 日修订

(一)

雨巷空，思绵绵
遥静望，泪涟涟
心花零落飘无边
依依惆怅枕难眠
此情默默许何年

(二)

活到老，学到老
童青壮暮人生晓
诵卷声，吟赋声
春夏秋冬神韵清

（三）

纤红手，状元酒
丽江梦影花依柳
雄心在，无言爱
高原谈笑多豪迈

（四）

骄人去，醉梦留
沉香默苦俱心头
情犹在，愿未酬
红颜知己觅难休

（五）

情悠悠，意绵绵
天琴心曲梦幽弹
知音慕，偕侣难
遥期重遇是何年

三七言

题诗二首

2010 年 4 月 25 日

（一）题秦淮子《送阿福》

殉公益，天赐恩
从容赴险勇献身
炎黄血，华夏魂
玉树顶天义工人

（二）题隐形老鸥《悼萨翁》

意深沉，情真切
萨翁仙逝心声咽
擎五环，展雄略
弘扬友谊开新业

三七言

致博友留言汇编之四

2010 年 9 月 8 日修订

（一）题半轮辙《喜迁莺·下嫁风流郎》

忧心忡，怨情浓
倾声凄厉刺苍穹
嫌贫穷，凋芳容
浪得风流美梦空

（二）题上官正义《血战到底》

炮声隆，军旗红
浴血奋战气如虹
斗志勇，赤心忠
赴汤蹈火尽英雄

（三）题桦林雪《如梦令·雾行》

晓出门，雾漫屯
步履迟疑目黯神
奋劲身，勇探寻
远山深处晤佳人

（四）题秋色伊人《惜分飞·镂花》

情悠悠，念幽幽
一腔苦水无尽流
心眷眷，思愁愁
风花雪月何是头

（五）题漠漠孤烟《迎仙客·夜晚》

沐秋风，诉衷情，
诗韵悠扬伴笛声。
意未尽，兴犹浓，
神采翩跹舞轻灵。

三七言

致博友留言汇编之六

2011年1月19日修订

(一)题倪红诗文

千许情，万般爱
感恩图报诚心态
明大义，发慷慨
豪爽正直好气派
意真澈，志奋励
花甲不老从头迈
送温暖，祝康泰
新花园里谊长在

(二)题半轮辙《吟秋夜》

秋夜吟，婉丽音
清歌曼曲韵颤魂
情恨别，泣伤心
岸柳依依无莺闻

（三）题含章《盼盼满月》

满月酒，八方友
举杯齐贺畅笑口
盼孙健，含章秀
一脉相传天地久

（四）题半轮辙《一剪梅·雪·情》

天苍苍，雪茫茫
万物潇肃俱凄凉
理红妆，尽欣忙
昼思梦萦恋情郎

三七言

致博友留言汇编之九

2011 年 6 月 4 日修订

（一）题秋色伊人《秋千索·迎春》

幽门锁，闲亭阁
默泪洗面芳清涸
春风澈，花鸟歌
深闺心暖化冰河

（二）题梅傲雪《心中天使来梦中》

思不断，情梦萦
痴迷爱恋喜相逢
身憔悴，心无宁
殷期相许共此生

（三）题梅傲雪《美好的心愿》

偎胸膛，枕心房
温馨怀抱甜梦长
春溪淌，浪花漾
融汇大海谐欢畅
花蝶双，并鸳鸯
蜜爱情偕凤俦凰
诉衷肠，醉梦乡
美好憧憬倩何偿

（四）题月照明眸《仲春》

心苦累，身疲惫
昏昏沉沉人欲睡
艳阳照，春明媚
生机盎然天地醉

（五）题月照明眸《钗头凤·有毒食品何时了?》

骗子手，贪欲丑
食品掺毒心不抖
赚黑钱，危民安
恶贯满盈偿命还

三七言

光　荣

——喜庆中国共产党90周年华诞

2011年7月1日

东方红，太阳升
中华伟奕真英雄

反军阀，勇斗争
工农商学大同盟

红船启，党诞生
马列主义指路灯

聚井冈，举义兵
星火燎原红权兴

反围剿，毅长征
遵义匡正立勋功

驱倭寇，摧蒋政
创新中国五星红

秉正义，尊劳众
荡涤私腐天下公

奉民主，靠工农
全意为民建光荣

钢煤硕，粮棉丰
自力更生国运隆

信仰共，壮志同
艰苦奋斗伟业宏

攻难关，攀高峰
科学发展久繁荣

打狂霸，灭害虫
亚非拉美真诚拥

继传统，续长征
革旧创新奔大同

镰锤亮，耀苍穹
千秋万代傲青松

党旗擎，信仰衷
永远遵循毛泽东

古风杂言

致博友留言汇编之一

2011 年 3 月 25 日修订

（一）题轻轻巧巧《缥缈孤鸿影》

——为苏轼词配画

瞬抓照，
真精妙。
贴切配苏词，
神魂慰相告。
心有灵犀一点通，
天上人间俱欢笑。

（二）题刘家庆《梦中荷花》（诗歌）

悠扬韵，
清馨风。
夜月一样明，
梦荷别样情。
晚风轻抚露珠吻，
陶然恬笑展丽容。
心人欣泪盈。

（三）题秋色伊人《红罗袄·寒夜吟》

寒夜深，
月色沉。
心孤愁无眠，
意乱怅失魂。
凄情切切婉约音。

（四）略

（五）题 a 幽幽草 x《风住的街口》

天苍苍，
路茫茫，
浪迹何方？
四处凄凉。
何时遂心愿，
欣荣归故乡？

古风杂言

致博友留言汇编之二

2011 年 5 月 25 日修订

（一）题青藤《三月三言三》

三月三，
慧言三。
辰宝地天，
今古人寰。
洋洋乎大观，
春种秋收欢。
纵横捭阖大师谈，
林林总总富蕴玄。

（二）题刘家庆《春景》

春景绚丽，
春欢家庆喜洋溢。
春心荡漾，
春韵甜蜜，
春诗华采烁天地。

（三）题漠漠孤烟《雪梅香·梅》

清逸冬，
隽凌寒。
含笑群芳后，
独俏众花前。
浴霜傲雪迎春到，
默默绽欣颜。

（四）题罗菲特《钗头风·卡拉 OK》

悲也歌，
乐也歌，
纵情向天歌。
人生尽兴有几何？
有情欣放歌！

（五）题湘阿阳《东湖》

东湖美，
壮丽灏天水。
中华第一城中湖，
人文灿烂硕明斐。
畅游心无悔。

古风杂言

致博友留言汇编之三

2011 年 9 月 6 日修订

（一）题小华《又见桃花》

桃花美，
隽诗更芳斐。
依依情切切，
丽丽文玮玮。
巧小华诗多奇伟！

（二）题漠漠孤烟《河传・双雁》

双飞燕，
恬爱恋。
朝暮意缱绻，
风雨身相伴。
劳辛碌苦心无怨，
钟情彻澈终生眷。
笑任沧桑变。

（三）题苍雷贤隐士《韬光养晦》

无可奈何逃尘浊，
有所作为葆身清。

（四）题正直骑士《月朦胧》

月朦胧，
意朦胧。
天人尽皆醉，
良宵万欲空。
诗情画意韵味浓，
放歌诉情衷。

（五）题馨馨我我《赋丽人生》

千金难买相如赋，
馨馨我我情如故。
学海苦作舟，
书山勤为路。

古风杂言

致博友留言汇编之四

2011 年 10 月 16 日修订

（一）题秋色伊人《凤来朝·闺情》

情唐婉，
韵陆游。
萧肃残红环瘦柳，
天凉苦韵秋。

（二）题漠漠孤烟《七令·蝶　与罗菲特咏梁祝》

双飞蝶，
美和谐。
钟爱梁祝典，
殉情今古绝。
清词灵韵大家学。

（三）题耕田老骥《快意》

秋风爽，
晚庭芳。
琴曲心神朗，
皓月泛银光。
红歌声声天地漾，
情寄云飞扬。

（四）略

（五）题月照明眸《七绝·绣花》

娴务农，巧务工。
经商睿，赋诗聪。
工农商学一身兼，
琴棋诗画百艺通。
精沛技神功。

古风杂言

致博友留言汇编之五

2012 年 8 月 17 日修订

（一）题六合居士《醉酒吟》

情醉乡，
心欲狂，
今古奇观现身旁。
喷薄灏华章。

（二）题六合居士《踏莎行〈春风〉》

春光明媚，
水碧山翠，
踏青秀野真欣慰。
风清气爽沛，
神迷丰情醉。

（三）题秦淮子《狮子林》

太湖览秀珍，
最美狮子林。
情醉神迷硕奇景，
神工鬼斧烁缤纷。
羡煞众游人。

（四）和漠漠孤烟《章台柳·相思》

相思树，相思水，
相思桥下相思鬼。
今生无缘结连理，
牵手殒身终不悔。

（五）题芮西钟《采桑子》

放任忒昏庸，
随波逐流事无成。
科学理论与实践，
有机大一统。
顺其然，
明其行。

古风四言

墓志铭

家严　韩水光甸

将诞书门　一九二零
敏勤少艾　响誉楚荆

血浴八冬　挥戈若定
中兴卅载　举重如轻

案前华涌　笔下雷鸣
英年创业　久期归荣

笃情厚意　浩气雄风
匠心博采　剑胆琴灵

光电长熠　**大**韵无声
先杰遗志　**烈**属传承

十年祭奠

莹顶铭文

英聪善世

2007 年 4 月 5 日　敬立

墓志铭

家慈　燕捷金兰

金香兰韵　华诞丙寅
韧韬少女　特立独寻

国难赴身　军旅倾心
巧度方寸　慧识挚尊

苛俭恭勤　务实求真
淡泊名利　厚重人文

母仪天敦　意切情深
精筹细运　舍己献仁

躬亲普世　瘁励吾门
燕飞澄宇　**捷**报朗坤

莹顶铭文

清颖祥伦

2008 年 8 月 1 日　敬书

四　言

题秋色伊人词作《临江仙　惜春》

2010 年 3 月 17 日

翠堤幽麓
莺啼柳幕
琴歌颤婉
惜春难驻

四　言

题阿Q反传LTM《七言·红裙梦幻咏》

2010年6月27日

漾思幽悠，情素难酬。
红巾翠袖，醉梦心惆。

童青壮暮，冬夏春秋。
雄心安在，无悔白头。

诗苑采撷，同行畅游。
唱和隽永，意合情投。

言犹未尽，余兴方遒。
荐赏佳作，待话良谋。

四　言

题隐形老鸥《故乡的小路》

2010 年 6 月 28 日

故乡小路，初生首度。
神奇向往，蹒跚跌步。

慈父引领，俊影前竖。
一路豪歌，一代情愫。

家山有别，小路各处。
殊途同归，从此信步。

人生征途，理念坚树。
一往无前，义无反顾。

欣友妙思，悦荐华赋。
中兴大道，君我众赴。

四　言

题半轮辙《少年游　白日南柯梦》

2010 年 7 月 9 日

英俊少年，情意绵绵。
窈窕淑女，恍若眼前。

秋波潋滟，明眸清恬。
春心荡漾，麃鹅欢颜。

南柯一梦，奏雷惊还。
欣赏佳作！共舞翩跹！

四　言

题涂雅哉《读丰卦与旅卦之随笔》

2010 年 7 月 11 日

天恩浩荡　广德荣昌
冠冕堂皇　民劳财伤

公平正义　天道弘扬
官民一致　相得益彰

英明果断　遇难不慌
目光远大　勇往前方

道卦玄奥　君释周详
匠心精析　启蒙灵光

四 言

题隐形老鸥《古律·明朝赤县漫彤雯》

2010年7月19日

兴国之本，教育首勋。
尊师重教，举国善循。

贫富无分，普教惠民。
公平为准，清正修身。

消除官掣，还政俊群。
自主办学，特色缤纷。

畅想求真，大胆创新。
百家争鸣，万艳竞春。

润泽华伦，扬威国魂！
十年树木，百载立人！

四　言

题梅傲雪《梦幻青藏高原》

2010 年 7 月 20 日

梦幻高原，巍峨群山。
奔涌江水，碧澈蓝天。

世界屋脊，伟岸佛殿。
威猛獒牦，神奇冰川。

山歌激越，绿野清恬。
英雄人民，幸福家园。

圣洁心言，迷人韵弦。
奔放豪情，壮丽诗篇。

四　言

题梅傲雪《在北京漂泊的人们（外一首）》

2010 年 7 月 25 日

悲天悯情，代抒心声。
北漂蚁族，恸彻泪盈。

京华春梦，零落浮萍。
酸甜苦辣，酷夏寒冬。

漫漫人生，沉浮何停？
渴盼公正，不枉此行。

荐赏佳作，陶醉淳风。
惟愿人寰，天朗气清。

四　言

题梅傲雪《每当想你的时候》

2010 年 8 月 20 日

初恋惆怅，思念忧伤。
昔情难忘，浮眼容芳。

有徜鸳鸯，无俦凤凰。
有心神往，无缘渺茫。

荐赏佳作！恭祝祺祥！
皓爱珍意，永镌心房。

四　言

题倪红《电脑前的老痴迷》

2010 年 12 月 15 日

电脑屏前　飞舞键盘
痴情迷恋　勤学无闲
屡过难关　矢志恒坚
乐此不疲　废寝忘餐

精力有限　世事难全
周密计划　长治久安
相濡以沫　家务共担
劳逸结合　体舒心宽

赞赏佳作　笑话连篇
忍俊不禁　喜笑开颜
人生孰重　心态乐观
知足常乐　万事欣然

四　言

题青藤居士《青藤言气》

2010 年 12 月 20 日

大气磅礴　志气恢弘
正气凛然　浩气长虹

骨气强硬　勇气奇雄
节气坚贞　神气灵龙

底气宽宏　人气欣荣
和气生财　清气美容

天气顺应　心气畅通
精气旺盛　运气昌隆

四　言

答漠漠孤烟《什么是幸福?》

2011 年 4 月 30 日

幸福谓何？人生观择。
舍己为民，共产党则。

公平正义，谋民福泽。
理想追求，奋斗快乐。

传承红义，欣然命舍。
革命先烈，可泣可歌。

寻常百姓，不强求责。
人生淡泊，知足常乐。

善爱和谐，幸福可得。
赞荐佳作！五一快乐！

四　言

题梅傲雪《莫将痛苦藏心房》

2011 年 6 月 9 日

忧郁目光，心灵之窗。
痛苦悲伤，勿悔断肠。

隐情无藏，袒露何妨？
共同分担，挚友力帮。

直面人生，错失勇当。
脱离苦海，恢复正常。

险遇风浪，勇毅迎往。
不泯理想，奋飞希望。

四言三阕

致博友留言汇编（210）

2011 年 7 月 8 日修订

（一）略

（二）题 yifansan《母亲留给我的》

火红年代　革命友爱
无私奉献　同志信赖

干群一致　壮志豪迈
继续革命　理想恒在

博大母爱　众人拥戴
赞赏佳作　生活愉快

（三）题漫步绿洲组诗

《象棋中隐藏的古今秘密》

棋局博弈　首推围棋
输赢无和　攻城围地

中外象棋　多一和局
其他玩棋　各有技艺

人寰博弈　不尽对立
协商对策　共赢偕怡

象棋解密　巧言损益
纵横捭阖　精彩辟析

四　言

欲　求

2011年8月3日

无欲无求，喻理不清。
天赋禀性，人自求生。
七情六欲，遗传本能。
舍此不论，犹难释明。

不求正义，只关己情？
剥削压迫，不求抗争？
逆来顺受，甘遭欺凌？
不求上进，随波飘零？

有欲有求，人之常情。
善欲良求，理当倡行！
无欲无求，何堪其鸣？
无奢欲求，品高方兴。

四　言

致博友留言汇编（220）

2011 年 8 月 8 日修订

（一）题未庄子《母亲颂（一）》

火红年代　辈出英艾
继往开来　前行豪迈

（二）题罗菲特《如梦令·无题》

诗意朦胧　揣摩难通
即兴发挥　聊表情衷

（三）题思源慧根《除草》

扫帚不到　灰尘不掉
勤除杂草　保护禾苗

（四）略

（五）题戴逢日《欧式小诗三篇》

火热青春　才子佳人
神秘夜晚　交欢何忧

（六）题荆川子《伟大历程》

颂歌，献给党的九十华诞

别具匠心　独显特色
赞荐佳作　华诞俱贺

（七）题倪红《和乐安康歌》

桑榆夕阳　体质不强
适当锻炼　健步祺祥

乐观向上　困难敢当
遇事不慌　运筹周详

适度上网　欣书博章
新华交友　互励学襄

广泛兴趣　心旷神昂
老有所乐　和美安康

（八）题月照明眸《好人》

物以类聚　人以群分
各行各业　良莠皆存

君心浩澈　不近官绅
高朋满座　都是好人

（九）题六合居士《四季雨韵话人生》

春夏秋冬　暮壮青童
时光飞逝　苦短人生

雨雪冰霜　一路交融
不经风雨　怎见彩虹

四　言

题漠漠孤烟
《卖花声·次韵庙雀玩童先生〈隆冬摄影杂感〉》

2012 年 1 月 21 日

清歌把酒，知己难求。
窈窕闺秀，君子好逑。

人生无久，壮志不休。
初衷信守，天道勤酬。

并肩战斗，风雨同舟。
一世挚友，万代风流。

韶华携手，夕照齐眸。
幸福常有，善爱鸾俦。

精辟新旧，明喻春秋。
出门昂首，更上层楼。

文锋澈透，笔力劲遒。
佳词爽口，灵韵润喉。

隆冬四九，欣览乐悠。
赞荐问候！再祝丰收！

附注：

全诗一韵到底，平仄交错贯一。

四　言

致博友留言汇编（260）

2012 年 2 月 5 日修订

（一）题山下佳人《诗飞影舞女人行》

万卷读书　千里行路
有益事物　人生省悟

硕果丰收　精勤酬务
喜迎新年　从头迈步

（二）略

（三）略

（四）题南方的木棉花《（雾中偶感）勇者前行不莽然》

道路曲折　前途光明
初衷不悔　一路前行

（五）题梅傲雪《回顾祝福》

特色精作　成果丰硕
事业欣荣　荐贺恭酢

（六）略

（七）题思源慧根《元旦》

辞旧迎新　挚表谢忱
干群谐心　爱党为民

（八）题思源慧根《自食其果》

自欺欺人　自绝于民
恣意妄为　为孽罪深

恶极必报　裂名败身
赞荐佳作　周末欢欣

（九）复桦林雪《留评》

当遵医嘱　静养心舒
祝福好友　康复胜初

（十）复轻轻巧巧《留评》

禅寺柏林　天下名闻
预告靓照　静候佳音

四　言

致博友留言汇编（268）

2012 年 3 月 11 日修订

（一）略

（二）题赵三亿《诗歌·春夏秋冬》

春夏秋冬　心智笔工
文馨韵美　情澈意浓

（三）题思源慧根《神龙飞舞》

君我众友　跟党前走
振兴中华　高昂龙首

（四）略

（五）题正直骑士《学雷锋》

火红年代　壮志豪迈
革命理想　英雄气概
破私立公　兴利除害
爱憎分明　同仇敌忾

同志情深　阶级友爱
好人好事　身边常在
英雄辈出　楷模纷率
泽东思想　举世拥戴

（六）题漠漠孤烟《人生旅途》

勤学敏行　有志事成
不断进取　无愧人生

天地无欺　日月有情
祝福好友　康泰祺宁

（七）题南通邱芬《与时俱进，我陪孙子做作业！》

事无巨细　操心费力
当好奶奶　真不容易

（八）题宋丞策

《祸起“钱庄”，“祸伏”几何？》

地下钱庄　鬼域魔方
祸国殃民　罪恶奸商

四　言

致博友留言汇编（295）

2012 年 9 月 22 日修订

（一）题涂雅哉《小议“天下神器”》

天下大同　社稷为公
妄为私执　失败告终

（二）题监理眼《也评〈哈桥跨塌〉》

大桥跨塌　秋毫明察
屡见不鲜　政绩何夸

（三）略

（四）题南通邱芬《街头小景》

街头踱步　有心注目
察言观色　见微知著

（五）题无色无味《所罗门·凯恩》

人生求索　燃放心火
赞荐佳作　勤获硕果

（六）题正直骑士《香烟歌》

烟龄卅年　苦害难言
今春彻戒　一周完全

（七）题正直骑士《悼陶伟》

荧屏常见　神态慧贤
不幸遇难　久顺仙园

（八）题漠漠孤烟《打人犯法》

违法打人　私欲恶深
无人过问　正义何寻
赞荐力作　满腔衷忧

（九）题罗菲特《顶针诗·重庆大学求学》

书山有路　路由勤出
出途多变　变历著书

（十）题隐形老鸥《那双眼睛》

心灵之窗　明眸慧光
喜怒哀乐　相谐各彰

古风
五言

五　言

咏牡丹

色魅味醇香，禀性不刚强。
娇媚徒艳色，枉为花中王。

凛冽朔风起，筋骨俱断伤。
共泥碾作尘，园工泪断肠。

1965 年 3 月 7 日
于望海街家中

五　言

咏　莲

莲睡清塘静，风摇弄影纹。
娇羞含欲放，游客久凝神。

花固游人赏，贞纯俏不颦。
轮年终子藕，浑利尽宜人。

1967 年 7 月
于望海街家中

五言

咏竹

竹翠色不娇，比肩立松乔。
虚心耐苦遇，厚质挺艰熬。

韵清雪皑皑，骨傲风萧萧。
一任群芳妒，我自向天高。

2008 年 11 月 23 日
于香海花园家中

五言二阕

（一）题含章《采桑子·春晚》

2008 年 12 月 10 日

众口调淡咸，此事古难全。
宽待平常心，随伴团圆年。

（二）恭和秦淮子《心灵树》

2008 年 12 月 13 日

复我圣洁池，润土清如滋。
久旱冀甘霖，万木待春时。

五　言

题秋色伊人《渔家傲·惊梦》

2010 年 6 月 6 日

春梦谁先晓，悠悠情未了。
不闻雄鸡鸣，一任魂飘渺。

耽恐春光去，恨悔人已老。
惟盼风雨声，荡却心烦恼。

五　言

题梅傲雪《致远方》

2010 年 7 月 6 日

初恋忒忧伤，惜别分道扬。
另偶各婚配，乏爱徒悔肠。

伊人更沮丧，恨离飞远方。
心人可安恙？苦寂痛心房。

初恋情难忘，常思伊何方。
翘首空惆怅，环目唯茫茫。

赞佩君心炽！推荐锦华章！
情韵澄碧澈，诗藻闪灵光。

五　言

题春华秋实《五古·看毛毛虫过马路》

2010 年 9 月 19 日

基因好遗传，一统何壮观！
千虫号令齐，万事公为先。

舍己为集体，种群今古延。
人初性本善，私恶终必完！

五　言

题梅傲雪《草原赞歌》

2010 年 9 月 30 日

骏马奋蹄忙，雄鹰振翼翔。
朗日百灵唱，清风羊牛徜。

牧歌情韵畅，马头琴悠扬。
劲舞篝火旺，豪酒马奶香。

草原天地广，沃野清水长。
热土永难忘，酷爱好家乡。

五　言

题岚光《七言 · 荆州怀古》

2010 年 11 月 1 日

荆楚论春秋，烽火话神州。
长江流不尽，壮志纵无休。

前古兴亡事，今朝数风流。
大义千年颂，粪土万户侯。

品赏君佳作，欲上黄鹤楼。
少艾英雄气，击浪遏飞舟。

五　言

题倪红《打油的又来了》

2010 年 12 月 23 日

武曌天下威，
木兰马上飞。
清照诗词美，
秋瑾大义辉。

倪红雄心畅，
巾帼赛须眉。
豪情明澈澈，
壮志浩恢恢。

千功凭机遇，
万事在人为。
赞赏君佳作，
一阕欣奉随。

五　言

题一路边光《七言·狗尾巴花》

2010 年 12 月 23 日

红蓼遍野生，
绿绒狗尾形。
身强天地阔，
命硬古今兴。

健脾消食畅，
清热润目明。
化淤活解散，
利水适通经。

周身珍似宝，
秉性毅如恒。
尽倾可人意，
亲切喜俗名。

五　言

致博友留言汇编（80）

2011 年 4 月 10 日修订

（一）题老妈 850629

《一统中华给力奋发——两岸归一势在必得》

华裔一家亲，
人伦两岸分。
众志成大业，
盼归更奋今。

一往情谊深，
统谐聚友心。
中枢精运作，
华圈日月新。

（二）题半轮辙《财色》

贪婪欲无垠，
敛财卖色混。
勤劳致富路，
公平正义循。

（三）题耕田老骥《咏水仙花》

美色凌波仙，
天香姿悠闲。
希腊神话传，
自恋化水仙。

（四）题桦林雪《五绝·嘱南亩》

南亩厚雪积，
立春无绿衣。
养精蓄锐气，
陶梦心无急。

待醒日给力，
消融润沃泥。
赞荐君佳作，
深情挚念怡。

（五）题桦林雪《七绝·白桦书》

徜徉北笠山，
邂桦卷皮翻。
似镂蝌蚪文，
浮想妙联翩。

（六）题桦林雪《七绝·岭野独行》

独行大岭雪光寒—壮志勇可佩
跨谷穿林步可端—奋前路无退
柱杖回眸勤检视—是否有狼狈
于无人处敢欺天—自嘲实无愧

（七）题监理眼《赞黄花菜》

娉婷忘忧草，
凡家闺秀巧。
殷殷真情伴，
慈心永不老。

（八）题青藤诗
和桦林雪先生《五绝·嘱南亩》

日出东方红，
世间万物隆。
污浊俱焚尽，
天下乐大同。

（九）题月照明眸《踏莎行·初春抒怀》

大地舞春风，
白云荡天清。
雀喜艳阳耀，
河边翠柳鸣。

五　言

织女泪

——有感隐形老鸥《春雨绵绵织梦幻》

2011 年 3 月 14 日

淅沥复淅沥，
织女当空泣。
朝思暮情梦，
潸然泪雨滴。

如歌如诉意，
紧随别天牺。
飘赴人间去，
洒落罄无惜。

浸透牛郎衣，
润滋渴心饥。
从此不分离，
悲怒尽荡涤。

五　言

春　韵

——和绿荷、湘阿阳、吉灵、刘家庆等诸友春赋

2011 年 3 月 22 日修订

春蚕吐柔丝，
春蜂采蜜汁。
春蝶翩舞远，
春燕玩归迟。

春风拂嫩草，
春雨润葩枝。
春情畅欢歌，
春韵漾欣诗。

春色锁不住，
春意倩谁知。
春美齐唱和，
春心俱乐滋。

五　言

题梅傲雪《春天我站在高高的山岗》

2011 年 4 月 14 日

站在高山岗，顶天心舒畅。
明媚好春光，心歌放声唱。

草原我故乡，童情镌心房。
蓝天多明朗，绿野真宽广。

骏马烈奔驰，雄鹰劲翱翔。
牛羊体健壮，百灵歌轩昂。

奶酒味醇香，马头琴悠扬。
甜蜜美梦想，展翅飞远方。

今归额吉旁，恬偎暖胸膛。
情激心滚烫，草原我亲娘。

五　言

致博友留言汇编（107）

2011 年 6 月 22 日修订

（一）题青藤《五言排律·慈亲病逝》

家慈仙鹤离，云蒸霞蔚曦。
赤子吟颂曲，恸彻别情惜。

（二）略

（三）题未庄子《绿竹（外一首）》和隐形老鸥、月亮

翠竹绿满山，雾柳隐湖边。
新叶露纤纤，嫩笋昂尖尖。

（四）题荆川子《一只美丽的梅花鹿》

孤独梅鹿怜，遭弃困辽原。
丰盛青草聚，自食自立难。
欣赏悬疑作，不知何释诠。

（五）题荆川子《这样的春》

春华依依去，夏丽悄悄临。
天轮恒四季，情趣各缤纷。

（六）题六合居士《桑（二首）》

桑麻事最辛，桑梓情最亲。
不憾桑榆晚，欣然唱黄昏。

（七）题南通邱芬《节日歌》

节日成劫日，物价竞涨势。
草民囊羞涩，粗餐忍节制。

（八）题隐形老鸥《七绝·观花凋春逝有感》与监理眼《花开花落》

有开花有落，无欲风无错。
失身红尘里，落芳情勿堕。

（九）题桦林雪《七绝·白头翁花 》

荒野无绿盈，花艳烁蓝莹。
美文图幸览，首识白头翁。

（十）题耕田老骥《蒲公英》

小小蒲公英，谐名婆婆丁。
浑身都是宝，惠人广华生。

五 言

叹 战

——题六合居士《游古战场遇雷雨》

2011 年 6 月 26 日

古来征战多，铁马舞金戈。
掠地争王霸，举义反政苛。

生灵遭涂炭，城寨血成河。
楼榭烬烽火，荒冢噪鸦歌。

五　言

题梅傲雪《幸福抒怀》

2011 年 10 月 21 日

幸福是愿成，巨微皆有情。
童青壮暮趣，心仪各丰盈。

衣食和住行，利禄与功名。
掠群逐私利？舍己奉大公！

阶级殊斗争，信仰励心灵。
先烈扬宏义，尽忠甘献生。

赞荐友力作！情正意昌明。
天下毕大同，劳众幸福隆！

五　言

题绿荷《五言·忧》

2011 年 10 月 27 日

资本秉性贪，帝义恃霸权。
爱恨翻覆骗，今夕两重天。

颜色革命滥，自由民主玩。
口蜜掩腹剑，石油掠资源。

到处惹祸患，肆意战火燃。
世界震惊醒，西夷后院掀。

占领华尔街，大亨鸟惊弦。
共义必实现，天下大同欢。

五　言

和绿荷《五言·家乡秋色》

2011 年 11 月 3 日

沃野烁秋光，青云舞霓裳。
枫红情胜火，菊黄心盛芳。
彩蝶轻韵舞，鸿雁高歌翔。
天荒心未老，贞挚爱家乡。

五　言

题漠漠孤烟《桂枝香》和庙雀玩童先生《虎峰初雪》①

2011 年 11 月 3 日

暮秋北天变，岭蒙白一片。
雪压松挺坚，风吹桦浪漫。

静谧丛林山，火红庄稼院。
漠漠袅青烟，悠悠飘玉瓣。

清芬幽心婉，奇景玄梦幻。
美韵俱欣恬，清词齐赞荐。

附注：

① 全诗一韵到底。

五　言

致博友留言汇编（152）

2011 年 11 月 19 日修订

（一）贺《翠微诗馆》致漠漠孤烟与半轮辙、一粒小砂等诸友

翠郁志青松，微奥韵灵通。
诗词继唐宋，馆藏聚繁荣。

（二）题孤烟漠漠《七律·答谢庙雀玩童先生》

翠微漾清风，隽友聚和声。
孤烟漠漠升，诗馆日日兴。

（三）题月照明眸《七绝·收玉米》

当年作知青，金秋喜放鸣。
朗日挥镰笑，黄昏壮歌声。

数览友佳作，慨忆挚真情。
青春红似火，无悔勇奋行。

（四）题月照明眸《彷徨》

天伦戏舅甥，嬉笑嘲骂情。
失马焉非福，知友效塞翁。

（五）略

（六）题耕田老骥《闲情逸趣》与隐形老鸥《悠悠秋韵醉人心》

雁阵壮金秋，夕辉耀松遒。
黄花欣美酒，清风爽歌喉。

（七）题春雨楠天《山上的雪莲花》

珍贵玉雪莲，芳骄出天山。
感友欣美赞，浩赋扬博坛。

（八）题梅傲雪《草原秋景似画卷》

金秋美草原，白云飘蓝天。
马提琴悠远，骏马牛羊欢。

姑娘情迷眼，勇汉步鹰轩。
生活多幸福，颂歌天下传。

（九）题梅傲雪《静静地思念悄悄的爱》

情思我和你，灵通美无比。
万水千山远，真爱在心里。

（十）题桦林雪《七律・秋晚旅归》

秋野秋朗晴，秋林秋彩盈。
秋歌秋悦曲，秋韵秋畅情。

喜友去归来，欣诗浩放鸣。
赞荐丽力作，晚秋俱荣兴。

五　言

致博友留言汇编（153）

2011 年 11 月 20 日修订

（一）题隐形老鸥《七绝·闻秋虫欢唱》

秋肃漫狂风，阴雨落不停。
孤影空寂寞，欣夜唱虫声。

（二）题月照明眸《咏大葱》

赞荐咏葱，另意伴从：

田野葱绿浓，郁郁复葱葱。
情欣觅葱翠，旋跃上葱茏。

（三）题绿荷《诗配画》

——又是一个丰收年

艳阳耀金秋，沃野喜丰收。
五谷笑弯腰，硕果满枝头。

挥镰汗雨乐，满载吆马牛。
朝暮甘辛苦，喜悦忙不休。

赞荐诗配画，纵情放歌喉。

（四）题南通邱芬《老太太 PK “小强”》

夜半起三更，爱孙勤护精。
不期遇蟑螂，巧战灭害虫。

（五）题春阳秋风《温州“高利贷危机”形成原因和警示作用》与赵作清《新世纪人民的伟大觉醒》

资本秉性贪，唯利噬凶残。
反抗怒潮涌，狂卷帝国翻。

消灭私有制，共产党宣言。
天下大同日，劳众谐泰安。

（六）题家乡的石榴《家乡十月》

金秋好时光，丰收欣情扬。
畅游风景美，豪放赞家乡。

（七）题耕田老骥《晨雨登香山》

雾雨踏香山，路险毅登攀。
会当凌绝顶，放眼天地宽。

（八）题漠漠孤烟《翠微诗馆·我的感言》

天赋女诗才，无师门自开。
文硕溢华采，情真润灵台。

恬淡人生度，劫难志无衰。
良朋襄学励，翠微丰韵来。

赞荐倾心作，晚秋欣畅怀。

（九）题 yifansan《国庆之感怀》

祖国在心中，情暖九州同。
佳节喜赞颂，祝福欣向荣。

（十）题 yifansan《回想当年事，今日自作嘲》

科学攀顶殿，人梯自甘愿。
桃李遍天涯，今生苦无憾。

五　言

题梅傲雪《爱情咏叹》

2011 年 11 月 21 日

爱情恒主题，
今古总心仪。
绚丽甜蜜蜜，
淳朴情依依。

杯心路憬激，
风花雪月迷。
生离死别异，
丰情硕韵奇。

友诗鸣正义，
华采谐相宜。
感人明裨益，
清神爽欣怡。

五　言

杂咏长安城

——题拾得和尚《人月圆·古城西安》与漠漠孤烟和词

2012 年 1 月 26 日

千古百废兴，
帝都伟业丰。
秦皇大一统，
奠基开元功。

汉武治文景，
盛世享太平。
唐宗驱鞑虏，
贞观世恢弘。

黄巢飞金甲，
落叶扫秋风。
天下兴亡事，
幽悠一叶鸣。

赞荐友隽作，
唱和俱欣荣。
重振中华龙，
巨腾毛泽东。

五　言

题绿荷《家》

2012 年 1 月 29 日

世上你我他，
都有一个家。
童颜辗韶华，
子女成爸妈。

青壮辛家务，
工勤事桑麻。
最爱家山水，
至美灿晚霞。

酸甜苦辣尝，
喜怒哀乐发。
地硕玉有瑕，
天伦情无涯。

五　言

题梅傲雪《春风唤醒我的爱》

2012 年 2 月 16 日

河柳曳新丝，
何留夜心思？
春雨胸河暖，
尘封爱润滋。

真情天地鉴，
诚意两灵知。
万物一元始，
千山万水驰。

信毅秉坚持，
相逢会有时。
欣览清新作，
赞荐浩洁诗！

五　言

题绿荷《七言·农家媳妇》

2012 年 5 月 16 日

农家几重天，贫富差距悬。
荒僻小山村，窘迫苦饥寒。

守旧小岗村，自私不得安。
政府频相助，村容久破残。

大寨南街好，集体经济全。
苦干加巧干，致富早领先。

友乡已小康，岁岁庆丰年。
各家尽巧妇，行行出状元。

精勤百业旺，憧憬更无前。
佳作欣赞荐！博友乐开颜！

古风七言

七　言

求　索

月光皎洁洗尘埃，倩影芳聪入眼来。
激动心弦频颤抖，幸福少艾乐开怀。

驱扫苦待久徘徊，赢得永生笑颜开。
不啻爱情多魅力，索求真理志无衰。

1969年12月31日　写于金家沟青年点
2008年9月30日　修订于香海花园家中

七　言

和黄巢咏菊

莫道秋来百花杀，
芙蓉蜀葵大丽花。
天竺银杏红一串，
地锦建兰续桂花。

2008年11月4日
于香海花园家中

七言二首

(一)题秀野踏青313《渔家傲·感时》

天若有情天亦老，
世如无道世将沉。
善恶有报时未到，
天机一降各罪恩。

2008年11月23日
于香海花园家中

(二)题汉水伊人《伤心桥下春波绿》

贞情挚意古今传，
少小初闻也泪颜。
从此放翁心中烁，
不堪回首忆当年。

2008年11月25日
于香海花园家中

七　言

随　感

天下兴亡我之责，
位卑未敢忘忧国。
爱我中华情似火，
燎原指日焚污浊。

2008 年 12 月 9 日
于香海花园家中

七　言

致博友留言汇编之五

2010 年 1 月 13 日修订

（一）

人生何处不逢秋，
白云千载空悠悠。
天华地硕常慰慕，
正义公平更追求。

（二）略

（三）

昔愿倾听溪水声，
今欣尽赏桃花赋。
暮冬时节天虽冷，
难阻网友情如故。

（四）

久未闻听放歌声，
今喜又逢兰台英。
欣慰雄才赏词谱，
不负寒博几番情。

（五）

月亮代表你的心，
黑夜默默引路人。
阴晴圆缺恒播洒，
清白皓亮一生贞。

七　言

致博友留言汇编之九

2010 年 3 月 15 日修订

（一）

勿怨命运奋自身，
蹉跎岁月更励人。
任凭风雪傲劲骨，
严冬过后总是春。

（二）

何事引人能心萦，
缘由未必独温情。
人活世间千般爱，
心有灵犀一点通。

（三）

酸甜苦辣俱心味，
畅欣恸怒皆神情。
尝尽世间千般味，
抒穷人际万种情。

（四）

驿外古道袅轻烟，
万丈悬崖遒树悬。
梅花欢喜漫天雪，
竹叶笑傲彻地寒。

（五）

高山流水觅知音，
良朋诤友胜至亲。
险难关头逢知己，
三生有幸称羡君。

七　言

致博友留言汇编(11)

2010 年 4 月 23 日修订

(一)

患难时刻见真情，
大爱无言笃践行。
扶危济困迎风雪，
无私奉献活雷锋。

(二)

昨夜诗吟送雪飞，
今朝花放引春归。
万木萧萧纷落叶，
一枝皎皎独扬梅。

（三）

有欲无情非真爱，
有情无欲爱仍真。
有情有欲方真爱，
心心相印乃至珍。

（四）

新华网中百花开，
暗香一脉沁灵台。
荷莲花放淳如许，
千呼万唤始出来。

（五）

日理万机为民欢，
殚精竭虑卫国安。
不尽江河流万古，
泽润恩来沐万千。

七 言

致博友留言汇编(13)

2010 年 7 月 8 日修订

(一)题桦林雪《七律·仲夏邀故友》

鳞次栉比障高楼，
乌烟尾气刺鼻喉。
赞羡塞北桦林雪，
清心四季乐悠悠。

(二)题在线博乐
《七绝·和耕田老骥〈大战南方水患〉》

水祸无情人有情，
师出有名士无名。
患难关头身先赴，
英勇人民子弟兵。

(三)题隐形老鸥《七律·奋舞尖刀斩恶蛟》

暴雨倾盆洪水嘶，
龙神肆虐缘谁知。
驯天胜景今何在，
再兴水利莫疑迟。

(四)题晚秋一凡《七绝·洞天风云》

云山雾岭梦情缭，
饱听石顶松风豪。
别有洞天箫声咽，
无遇知音怅寂寥。

(五)题耕田老骥《七言·老妪刈麦》

老骥伏枥神千里，
老妪刈麦情四方。
志士暮年心不已，
未了夙愿奋尤忙。

七　言

和隐形老鸥《七绝·天仙自愧妒萦怀》

2010 年 7 月 16 日

静谧清塘芙蓉开，
亭亭玉立出水来。
姿悠婀娜身贞节，
根埋污泥体清白。

七　言

致博友留言汇编(15)

2010 年 8 月 15 日修订

(一)题春华秋实

《读天一境界〈长城赋〉有感》

天一境界开华卷，
春华秋实展风流。
千年华夏兴亡事，
万里长城览春秋。

(二)题天一境界《长城赋》

天一境界展芳华，
大千世界蔚云霞。
千古兴亡多少事，
万里长城漫天涯。

（三）题豫龙人《七绝·题桦林雪先生〈南归〉》

山河秀丽人风流，
中华万载情悠悠。
风花雪月犹如梦，
精忠报国炳千秋。

（四）题南平《七绝　夏日·十九点正》

声色犬马花堂欢，
公子王孙舞翩跹。
何问泥腿非常事，
抵拼洪泛战犹酣。

（五）题在线搏乐@《七律·杨树王》

根深叶茂矗云天，
阅尽沧桑默无言。
堪媲巨伞遮秋雨，
畅纳阴凉消暑炎。

七言三阕

题博友一路边光诗作

2010 年 8 月 22 日

(一)题《梦游》

纵横驰骋天地间，追溯时光五千年。
精疲力尽惊回首，至珍时空恰眼前。

(二)题《瓜棚秋夜》

赏君佳篇，浮想联翩。怦然心动，信口开言：

护秋看场忆当年，辽西僻域炼涅槃。
韶华易逝情犹健，巡场札记励十篇。

(三)题《山村晨雾》

黍粱蒙罩银霜衣，草秣轻坠白绒须。
雄鸡唱破野静寂，炊烟四处袅袅离。

七　言

致博友留言汇编(19)

2010 年 10 月 15 日修订

(一)和正直骑士《草》

人间遍地青青草，
连翠天涯绵海角。
一任万物众生憩，
千姿百态挺娇小。

(二)和一粒小砂《月下弄弦》

一盘品赏味诚鲜，
粒粒如珠烁妙玄。
小中见大欣豪爽，
砂里藏金始真颜。

(三)题蓝色心雨

《家有“竹子”慢慢长！唠唠开学那些事儿……》

可敬天下慈母心，
功夫不负有心人。
幼株坚毅亭亭立，
玉竹挺拔节节伸。

(四)和一路边光《青玉米》

欣秋五谷泛金黄，
偶有玉黍滞青光。
嫩粒颗颗如珠玑，
馨汁蜜蜜似琼浆。

(五)题桦林雪《沁园春·大庆》

宁可少活二十年，
拼命拿下大油田。
铁人虽去豪言隽，
今昔对比慨万千。

七　言

致博友留言汇编(21)

2010 年 11 月 10 日修订

(一)题一粒小砂《草木策风》

岿然屹立似劲松，
任尔东西南北风。
信自昂首放声笑，
惊天动地气如虹。

(二)题半轮辙《秋叶》

秋叶飘零陨入尘，
腐朽共泥养润根。
唯欣大树参天日，
但知多少苦轮身。

(三)题桦林雪《七绝·醉秋云》

情思悠悠入九霄，
化作白云蓝天飘。
欣赴蟾宫嫦娥会，
桂花美酒酹滔滔。

(四)题漠漠孤烟《七律·咏菊》

秋风萧瑟敝枯黄，
群葩零落卸容妆。
菊彩缤纷迎天放，
馥郁清馨遍地芳。

(五)题秦淮子《八月桂》

金桂花开八月香，
华彩清馨十里扬。
天人神聚共陶醉，
日月星藏羞光芒。

七　言

题梅傲雪《迷人的草原美丽的梦》

2010 年 10 月 27 日

碧绿草原情韵美，
马头琴声漾心扉。
天朗气清身心壮，
风华物硕水土肥。

牛羊悠荡百灵唱，
骏马奔腾猎鹰飞。
歌舞豪放篝火旺，
奶茶醇香烈酒威。

千古雄风多浩荡，
万代英豪众望归。
诗人情怀畅辽阔，
丰采华章尽芳菲。

七　言

致博友留言汇编(23)

2010 年 12 月 13 日修订

(一)题一路边光《挖砂新愚公》

愚公移山交口赞，
雄文四卷有名篇。
满目疮痍毁那般，
挖砂不尽只为钱。

(二)题一路边光《过皮草店》

纸醉金迷花枝招，
无所事事弄风骚。
挥金如土阔气摆，
空裹金狐与紫貂。

(三)题半轮辙《秋雨》

一滴两滴千滴泪，
一叶两叶千叶翠。
一般两般千般曲，
一秋两秋千秋醉。

(四)题隐形老鸥《七绝·浪漫秋景》

秋景丰盈动秋情，
秋韵清澈漾秋声。
秋容绚烂烁秋色，
秋兴畅惬慰秋宁。

(五)题桦林雪

《五古庚寅重阳雪夜两梦郭君道谦》

一夜两度梦故人，
惊苏兀自莹泪痕。
挚友离别十几载，
音容笑貌恍若今。

七　言

致博友留言汇编(24)

2010 年 12 月 18 日修订

(一)题耕田老骥《胡杨礼赞》

大漠胡杨多伟岸，
英雄豪气冲霄汉。
耐暑耐旱也耐寒，
防风固沙天屏绽。

(二)题岚光《暮秋》

秋景萧肃悲秋情，
秋韵凄恻怨秋声。
秋容凋敝叹秋色，
秋兴衰落怅秋行。

（三）题耕田老骥《晨登香山遇雨》

香山枫叶九州名，
轻装熟路喜晨登。
雾林忽降潇潇雨，
一样秋色别样情。

（四）题秋阳子《依依故里盼阳春》

暮秋临冬早春盼，
东方红日暖人寰。
万物复苏朝气旺，
天天向上尽盎然。

（五）题漠漠孤烟
《七绝·为王小苏拍照〈墨竹〉题诗》

竹照犹如水墨画，
隽诗丰韵浩天下。
清风疏影姿优雅，
可是淑女飘舞发。

七　言

致博友留言汇编(26)

2010 年 12 月 31 日修订

(一)题狂饮一瓢《林宅》

久别老宅草木深，
斑驳陆离满昏尘。
凝神荒院清寂处，
犹荡童年欢乐音。

(二)题隐形老鸥《七绝·咏桂花》

吴刚撒桂人寰久，
善行娘子酿仙酒。
隐形老鸥颂新赋，
天华地硕竟爽口。

（三）略

（四）题一路边光《晾干白菜》

挂树晾菜多谐和，
美劳农事荡心歌。
乡野情趣真淳朴，
羡煞烦心城市哥。

（五）题梅傲雪《叫来河》

李家窝铺淌清流，
汇入叫来奔不休。
当年知青战天地，
悠悠岁月涌心头。

七　言

致博友留言汇编(27)

2011年1月3日修订

(一)题月照明眸《七言·独坐》

一字一行一诗篇，
一心一意一生专。
两耳不闻烦恼事，
三思而行仰圣贤。

(二)略

(三)题正直骑士《兔》

兔起凫举纵炎凉，
兔走乌飞逝沧桑。
兔死狗烹今古叹，
兔起鹘落奋笔忙。

(四)略

(五)题创造大王

《空巢老人因老伴猝死殉情带来的震惊和思考》

猝死殉情彻撼心，
何慰漠暮空巢人。
社会关爱自奋勉，
倾心献策赞君文。

七　言

致博友留言汇编(28)

2011 年 1 月 7 日修订

(一)和月照明眸《七言·和桦林〈雪〉》

月照明眸烁灏天，
相映桦林雪笑颜。
清氛秋肃凝神寂，
海角天涯友情燃。

(二)题戴逢日《我在等那样一个女人》

情挚心诚等一回，
出水芙蓉洛神随。
相濡以沫秦晋美，
百年好合笑齐眉。

(三)题秦淮子《西湖吟》

曲院风荷断桥雪，
苏堤春晓平湖月。
柳浪闻莺花港鱼，
双峰插云三潭月。
雷峰夕照黄妃塔，
南屏晚钟共鸣乐。
今古风华佳韵会，
人间天堂美誉鹊。

(四)题倪红《感恩之心永存》

新华网博友情深，
天南海北聚珍心。
襄学互励送温暖，
霓虹盛辉华采纷。

(五)题漠漠孤烟《七律·博友》

新华博友情谊长，
漠漠孤烟华采扬。
韵贯九霄星云耀，
文馨一网天地芳。

七 言

致博友留言汇编(31)

2011 年 1 月 21 日修订

(一)略

(二)题龙行天下(含章)诗《曹雪芹》

才子佳人怡红楼，
爱恨悲喜情悠悠。
乾坤官贾兴亡事，
真真假假演春秋。

(三)致博友李克勤

友情不在频来中，
心有灵犀一点通。
志同道合扬正义，
毕生追随毛泽东。

(四)题轻轻巧巧《诗配画——静夜思》与梅傲雪《农民工的心愿》

不闲劳作日月年，
无分酷暑与严寒。
行色匆匆乏兴趣，
音容漠漠罕笑颜。
食无滋味肚岂饱，
居无定所寝难安。
梦里常思亲人聚，
渴盼春节把家还。

(五)略

七　言

致博友留言汇编(39)

2011 年 4 月 11 日修订

(一)题龙行天下(含章)《诸葛亮》

躬耕陇亩三分天，
出师一表美名传。
羽扇纶巾谈笑间，
灰飞强虏灭敌烟。

(二)题秦淮子《草堂吟》

浣花溪畔瞻草堂，
诗圣故居盛华章。
窗含鹂柳鹭天雪，
遗址修复仰韦庄。

(三)题秦淮子《明园愤》

满目疮痍圆明园，
不堪回首忆当年。
振兴中华雪耻日，
时不我待更奋前。

(四)题丽祯《总有这么一些人……》

烟花灰烬有神马？
尘埃落定叹浮云。
暑寒苦历劳晨夜，
城容美洁环卫人。

(五)题耕田老骥《颂新华网》

新华网博满园花，
万紫千红竞绽葩。
斑竹辛勤精修润，
流金岁月慰万家。

七　言

春韵(二)

——题秦淮子《回我和诗》与北岭《春光无限好》

2011 年 4 月 19 日

春情荡漾春歌扬，
春韵轩昂春诗翔。
春思清淌春意澈，
春心豪放春谊长。

七　言

致博友留言汇编(47)

2011 年 6 月 16 日修订

(一)题梅傲雪《你是风筝我是线》

你的安危系我牵，
山高水长情紧连。
你是风筝我是线，
大胆放飞翱蓝天。

(二)题爱多说话《劝老友》

同舟共济经沧海，
白手起家励时艰。
勤劳致富心可慰，
歪门邪道拒不沾。

(三)题桦林雪《七绝·春晓东川二首》

明媚春光漫东川，
孤杖闲步情昂天。
惊凫旋飞忍离去，
冰河消融笑声喧。

(四)题隐形老鸥《雷电风雨绘妙画》

雷电霹雳烁长空，
光怪陆离烈焰汹。
狂风呼啸乌云卷，
暴雨倾泻势飞洪。

(五)题龙行天下(含章)《诗:李白》

仙韵豪放萦山水，
行踪潇洒浪无回。
笑傲权贵无媚骨，
诗坛千古响惊雷。

七　言

致博友留言汇编(60)

2011 年 12 月 27 日修订

(一)题涂雅哉《小议“三项准则”》

立世之本乃诚信，
为人善良淳朴心。
勤学精修真知悟，
道德经义塑灵魂。

(二)接续刘家庆燕山诗句成顶针诗

天留锁钥横朔地，
地扼襟喉枕雄关。
关隘文人长咏赋，
赋诗盘古勇开天。

(三)题清江女儿《官场上很累的较量》

当官须效焦裕禄，
不求功名与利禄。

危难困苦冲在前，
全心全意为民务。

赞荐佳作与人品，
清廉勤政楷模树。

(四)题梅傲雪《感悟中年》

岁月如梭半百临，
欣知天命浩然心。
不屑功名与利禄，
诗坛交友乐耕耘。

(五)题秦淮子《太极拳》

慕友精通太极拳，
术语精妙韵颤弦。
屏气凝神悠身手，
中华健艺天下传。

七　言

致博友留言汇编(64)

2012 年 2 月 12 日修订

(一)题庞辉 1926《不忘国耻》

家仇国恨怒心田，
甲午伪满祸滔天。
倭寇侵华今古罪，
红心仗剑灭狼烟。

(二)题思源慧根《造假的下场》

妖魔鬼怪披画皮，
打着红旗反红旗。
笑面祸心使诡计，
损公肥私毁社基。

(三)题芮西钟《宝鸡行有感》

炎帝故里昔陈仓，
周秦王朝始发祥。
民间美术享盛誉，
佛骨圣地青铜乡。

(四)题拾得和尚《七绝·顶针诗两首》

圣诞过梧州

游旅圣诞过梧州，
州文龙母誉千秋。
秋韵绿城水都美，
美标彩虹桥上游。

(五)题漠漠孤烟《"龙袍郑"的故事》

夫君祖上轶事多，
乾隆皇帝龙袍托。
从此发家百业旺，
风趣斐然美传说。

七　言

致博友留言汇编(65)

2012 年 2 月 18 日修订

(一)和秦淮子《龙年吉祥》

龙迈新春天地辉，
年年有鱼龙门飞。
吉日良辰秦淮美，
祥云瑞气众望归。

(二)题秦淮子《闹元宵》

金陵人海闹元宵，
狮舞龙腾歌如潮。
张灯结彩长明夜，
焰火绚烂冲云霄。

（三）题月照明眸《七绝·读辛词》

少艾抗金举义兵，
轻骑肃叛袭贼营。
九议美芹十论耿，
稼轩词句劲英名。

（四）略

（五）题漠漠孤烟《闲话刻意表白》

害人之心不可有，
防人之心不可无。
君子之交淡如水，
刻意表白有所图。

七　言

致博友留言汇编(67)

2012年4月25日修订

(一)题六合居士《牧曲二》

朝霞牧童吹晓笛，
露珠烁映芳草地。
悠扬牧曲春光旎，
满目青山夕辉奕。

(二)题秦淮子《七绝·春柳》

春风吹舞娴雅枝，
婀娜多姿曳绿丝。
千垂百炼丰情漾，
妩媚娇柔俱美诗。

（三）题秦淮子《七绝·四君子》

崇高品节仰竹梅，
兰菊情韵久难违。
今古岁寒三友澈，
传统国画四君菲。

（四）题六合居士《喝火令（琴）》

高山流水遇知音，
琴风求凰识文君。
绿绮传情千古韵，
相如灏赋胜万金。

（五）题南方的木棉花《（慈母心）写给即将远行儿子的信》

可敬天下慈母心，
无私奉献爱至真。
视儿如友勤商讨，
人生建议美天伦。

今采诗

一颗平凡的种子

一股强劲的东风，
吹带你离开故地，
飞啊，
　　飞啊，
　　　　飞啊……
　　　　　　飞到这里。

这里曾是荒凉的莽野，
如今充满春天的气息，
远方到来的客人，
从此获得新居。
无数幼小的生命，
将要在这里
扎根，
　　萌芽，
　　　　开花，
　　　　　　结果……
在这里辟出新天地。

狂风来了，
　　暴雨来了，
　　　　寒霜来了，
　　　　　　酷雪来了，

一次又一次的寒冷侵袭，
——没有撼动你。

烈焰怒放，
　　炎光灼地，
　　　　飞烟奔火，
　　　　　　闷漶窒息，
一次又一次的热浪强击，
——炼你更壮丽。

大地，
　　阳光，
　　　　雨露，
　　　　　　空气……
　　　　　　　　从未离开你。
你，
　　骄傲地为他们成长，
　　　　欣慰地向他们报喜——
独立参天，
　　挺拔俊气，
　　　　没有一丝
　　　　　　柔弱的气息；
鞠躬尽瘁，
　　死而后已，
　　　　傲为栋梁
　　　　　　顶天立地。

大地披上绿装，
山峦穿起鲜衣，
万木丛中尽烂漫，
哪里才能认出你？

1969 年 3 月 3 日
写于大邦地青年点

座右铭

锐利深邃的目光
缜密智灵的思脉
强盛乐观的信念
纯朴正直的灵台
锋芒雷厉的气概
持之以恒的能耐
沉稳坚定的步伐
壮阔远大的胸怀

1969 年 3 月 7 日
写于金家沟青年点

桃花山，请你作证！

——献给在桃花山"大干五天"的民兵战友

1973 年 9 月

（一）

头上
　　红旗飘舞，
眼下
　　山河壮丽，
阳光
　　分外明媚，
天空
　　万里澄碧。
站在
　　巍峨的
　　　　桃花山上，
俯瞰
　　辽阔的
　　　　乡土故地，
热血
　　在周身
　　　　炽烈沸腾，

激情
如黄河
一泻千里。
啊，桃花山
张开你
热情的双臂，
一千民兵健儿的
劳动大军
开赴这里。
让荒凉的
旧貌改变，
把自然的
灾患治理。
教青石岩上
景色葱茏，
让黄沙板上
绿树茂密，
使桃花山
真正
桃花盛开，
为桃花山
恢复
历史名义。

(二)

高山上
　　战歌
　　　　雄浑响亮,
山腰里
　　战士
　　　　万丈豪气,
背衬
　　山石弱草
　　　　淡然默息,
缀上
　　百般服色
　　　　无限活力。
锹镐闪,枪林立,
　　呼啦啦飘扬着
　　　　我们的军旗。
歌如潮,人似海,
　　全社基干民兵
　　　　汇集山腰里。
——“向桃花山宣战!”
誓师动员大会上
　　　　群情激昂
　　　　　　高擎铁臂,
似强弓弦满
　　英姿飒爽的民兵
　　　　摩拳擦掌

待命肃立。

——“达达达的……”

急促的冲锋号声

霎时划破

山中沉寂，

如龙腾虎跃，

精神抖擞的战士

肩镐荷锹

冲入阵地。

奋挥锨镐，

任凭它

骄阳似火

挥汗如雨，

拼命猛战，

不管它

手掌磨烂

鲜血淋漓。

岩石坚硬，

怎抵得

民兵战士

钢铁意志，

连续午战，

不吃饭

奋勇更焕

蓬勃朝气。

锨镐山石的

叮当撞击，

广播喇叭的
动人歌曲，
战胜困难的
爽朗欢笑，
互相鼓励的
热情话语……
数种动人心弦的声涛
编织成一首
劳动竞赛的
钢铁交响曲。
在桃花山下
宛转回旋，
经久不息，
在九霄云上
轰鸣激荡，
雄伟壮丽。

(三)

初秋的金风
吹带着寒意，
五天的战斗，
两天是大雨。
湿透的衣裳
紧贴着身体，
冰凉的手脚，
恍惚的视力……

“谁主沉浮”？
“问苍茫大地”，
光辉的启示，
激壮的词句，
主人翁的自豪感
在胸中腾起，
“就是下刀子，
也坚持到底！”
钢铁的誓言，
铿锵的话语，
迸发的烈火，
冲天的豪气。
冒着寒冷，
顶着风雨，
像海燕
在暴雨中
奋勇搏击。
虽然——
每一镐
都要克服
偌大的困难，
每个坑
都要付出
何等的气力。
但是
我们深深地懂得——
劳动

不是
轻快的游戏，
创业
从来
艰难不易。
困难
只会在
懒汉懦夫面前
卖弄威力，
苦累
始终是
革命战斗中的
亲密伴侣。
胸有朝阳，
头顶红旗，
手中
紧握着
神魅的笔，
蘸着汗水和鲜血，
描绘
社会主义的
锦绣鸿图，
伴着青春和生命，
谱写
惊天动地的
宏伟业绩。

（四）

穿过浓雾，
踏着朝露，
在高山上
迎来晨曦，
——试领略
早战破晓的
情趣。
披星戴月，
风餐露宿，
在战斗中
夜幕围蔽，
——共分享
兵鏖阑夜的
惬意。
……战斗的一天，
紧张的旋律。
休息了……
红旗下
团团围坐，
全神贯聚，
“认真看书学习，弄通马克思主义”。
雄壮齐唱
革命歌曲
三大纪律八项注意。
锣鼓声里

宣传队员
热情洋溢，
复现
战斗中的
动人事迹。
军号响处
杀声四起，
民兵队列
整整齐齐。
刺杀，
射击，
操列，
演习，
从难从严搞军训，
练就
杀敌本领，
时刻
提高警惕。
生活，
劳动，
军训，
学习，
饱含着
鲜明的
战斗色彩，
洋溢着
浓烈的
蓬勃朝气。

（五）

满园鲜花
是众人的手
辛勤浇开，
摩天大厦
是一砖一瓦
层层筑起。
五天的战斗，
涌现出
多少先进事迹，
战斗的五天，
多少先进人物
可歌可泣。
公社党委书记——
人们
亲热地称他
“老李”，
率先垂范，
顶风冒雨，
和我们并肩战斗
在一起。
“猛虎排”长
自带锨镐
两样工具，
人自为战，
堪与

两人战斗小组

相媲。

“半边天”，有志气，

女将敢与男兵比，

质量速度皆优等，

新时代妇女创奇迹。

啊，年轻的小伙子，

你坚挺着青春热躯，

高烧四十一度，

激战火线不撤离，

邱少云烈士

鼓舞你

坚持到胜利。

宣传员——

白天参战，

黑板话筒勤宣传，

休息编稿，

披灯夜阑疾奋笔。

共青团员——

艰苦冲在前，

中午少休息，

每人多挖一个坑，

誓与帝修反抢时机。

前人栽树，

后人乘凉，

革命事业，

前赴后继。

今天的奋斗，
　　　　　明天的业绩，
首战桃花山，
　　　　　殊有意义。

倩谁告知子孙后代：
　　　　　　　　以革命的名义
　　　　　　　　　　　　想想过去！
啊，桃花山，
　　　　　请你作证，
　　　　　　　　永不忘记！

在烈士墓前

——清明节献辞

1974 年 4 月 3 日

苍松碧翠，
红旗鲜艳，
我们肃立在烈士墓前。
缅怀先烈，
回想当年，
心潮卷起万丈狂澜。

不能忘——
“长夜难明赤县天，
百年魔怪舞蹁跹”，
灾难深重旧中国，
劳苦大众受磨难。
传播真理，
驱扫黑暗，
多少前辈舍生忘死将火燃；
冲破牢笼，
砸碎锁链，
多少奴隶甘洒热血把身献。

更记得——

一杆红旗冲天起，
韶山红日照人间。
百万工农齐奋起，
改天换地战敌顽。
枪林弹雨，
烽火硝烟，
多少英雄赴汤蹈火冲向前；
笑对刀丛，
信步刑坛，
多少烈士顶天立地巍如山。

解放炮声隆，
战鼓震云天，
英烈碧血化宏图，
万里神州换新颜。

汗水创新业，
热血续宏篇，
社会主义大建设，
一路凯歌奔向前。

听！
“宁可少活二十年，
也要拿下大油田”，
艰苦奋斗创大业，
敢想敢说更敢干，
“铁人”精神代代传。

看！
大寨红花千里艳，
祖国山河换新颜，
“小车不倒只管推”，
“活着就要拼命干”，
大干苦干促大变。

翻开革命建设的史册，
展示奴隶战斗的画卷，
哪一篇不凝聚着先烈的英魂，
哪一页不浸透了前辈的血汗！

历史长剧，序幕方展，
千斤重担，荣落双肩；
万里长征，东风召唤，
团结起来，永继宏愿，
用热血和烈火的光华，
谱写那更美好的明天！

韶华颂

——献给最亲爱的人

1980 年 6 月 23 日

在文学的字典里，
清晰记载着那样的字句：
韶华——美好的时光，
特喻黄金般贵重的青年时期。

在心灵的字典里，
深铭隽刻着这样的珍语：
韶华——芳聪的骄妻，
爱情磐石般坚固的忠诚伴侣。

啊，韶华！
——你这光辉灿烂的词句，
古今中外，人寰天宇，
围你诞生了多少动人的奇迹。

啊，韶华！
——你这明丽圣洁的名誉，
颂歌千首，恋诗万句，
为你谨献出一支炽烈的心曲。

（一）

千辈韶华，万代少艾，
汗青长卷，满载伟绩。
天地沧桑，人伦迁袭，
历史宏碑，栉风沐雨。

盘古开天辟地，
首创人类疆域；
女娲补天造人，
人始生生息息。

三皇、五帝、尧舜禹，
桀纣、姬发、始皇帝，
汉晋隋唐、宋元明清……
百代豪杰，韶华何比？

曾记得稼轩叹语：
“风流总被雨打风吹去”；
浅识陋见，反映了
剥削阶级英雄史观的狭蔽。

更熟知毛主席警句：
“俱往矣，
数风流人物，
还看今朝。”
这才是无产阶级的豪言壮语！

"自信人生二百年，
会当水击三千里。"
毛主席的韶华，
满载着凌云壮志，冲天浩气。

"遂密群科济世穷，
难酬蹈海亦英雄。"
周总理的韶华，
展现着叱咤风云，驱扫雷雨。

领袖开拓的革命大道上，
洒满了无数先烈的血迹。
半个世纪的革命韶华，
锻造出代代英雄儿女。

我们继往开来，
我们只争朝夕，
我们这一代的韶华，
要创造四个现代化的宏伟业绩。

在沸腾的炼钢炉旁，
在丰收的稻田麦地，
在威武的练兵场上，
在严肃的实验室里……
到处闪耀着韶华的慧迹。

在炎热的酷暑盛夏，
在寒冷的冰天雪地，
在繁忙的白昼夜阑，
在轻松的黄昏晨曦……
时时欢奏着韶华的新曲。

啊，韶华！
你孕育英雄，创造奇迹，
谱写着千古颂歌，万方韵律。
啊，韶华！
我们要更加珍视，更加爱惜，
让你绽放灿烂光焰、无尽热力。

（二）

谁没有韶华？
——人生中难忘的经历；
谁不恋韶华？
——脑海里珍爱的记忆。

当我还是无虑的稚子，
心灵的金锁尚未开启；
当我还是无忧的孩童，
心头占满了无穷的奥秘。
初涉那浅平的生命小溪，
生活给了我无限的情趣。
啊，我宝贵的韶华，

你从何时来，再向何处去？

在混沌中苏醒，
在朦胧中索疑，
韶华的灵光，
渐透入淳朴的心底。
搏浪在浩瀚的命运海洋，
热血和激情伴才华横溢。
啊，我珍爱的韶华，
你该怎样写，又当如何记？
于是我的身心常被占据，
便是这样一个神圣的命题：
人生应当怎样度过，
韶华如何才有意义？

我遐想韶华，
精灵逍遥在浩天阔地；
我初渡韶华，
抱负驰骋着春风得意；
我苦寻韶华，
爱情重创着纯灵心地；
我鉴惋韶华，
缘俦难求得红颜知己。

游子迷津难度，
来人彷徨何离？

昊天一声霹雳，
九州风云破迷——

我闻到战斗的热息，
我感到人民的铁力，
我听到时代的脉搏，
我想到生活的经历：

在五星红旗下成长，
在三大革命中洗礼，
在金红团旗下宣誓，
在广阔天地中砥砺……

三十年艰苦奋斗的经历，
使我懂得了一个真理：
韶华永远与革命连在一起，
毕生献给壮丽的共产主义！

于是我不再彷徨迷离，
周身热血饱融着浩然正气，
勤学苦练，睿智铁胆，
大卫韶华，永葆朝气！

（三）

我也有韶华，
——人生中难忘的经历；

我也恋韶华，
——脑海里珍爱的记忆。
我更有韶华，
——青春爱情的密侣；
我更恋韶华，
——终生偕拥的知己。

千里姻缘，万般情谊，
流岁天涯爱几许？
邂逅相逢，不期而遇，
天幸你我在一起。
啊，韶华！
你那娉婷妩媚的魔态神貌，
你那金钟玉鼎的丽音妙语，
使我顾盼流连，荡心畅意。

昔伴同窗，今同行里，
旧曾相识新恰遇；
侃侃高谈，窃窃细语，
未尽绸缪心默许。
啊，韶华！
你那清澈明净的流精回眸，
你那炽热滚烫的甜情蜜意，
使我傲心熔融，高眼倾低。
两身遥隔，
四目会聚口缄言；
一点灵犀，

两心相印手轻戏。
我欣闻春芳舒胸畅吸，
我贪览丽容神智迷离，
我聆听妙音心弦颤抖，
我爱抚娇躯痴情醉意。

你是照亮混沌世界的光辉太阳，
你是引渡黑暗莽原的明圣火炬。
啊，圣洁高傲的韶华，
我欣悦虔诚地敬你。

你是渲染澄澈明空的绚丽彩霞，
你是沟通天涯海角的神妙虹霓。
啊，婉丽芳聪的韶华，
我钟情深挚地爱你。

我和韶华永在一起，
生命长葆青春活力。
大卫韶华誓鉴天地，
海枯石烂矢志不渝。

啊，韶华！
我为你献上这一首情诗；
啊，韶华！
我为你唱出这一阕心曲。

构建和谐社会的四个根本

2009 年 3 月 9 日

天人合一，以人为本；
官民和谐，以民为本；
人民和睦，工农为本；
思想融合，马义为本。

今采歌

天地红心

——五四青年节放歌

（歌词）

1971 年 5 月 4 日

（一）

红旗满天飘，
战歌冲云霄。
桃花山下风光好。
知识青年逞英豪，
胸中热火烧。
呵……
自从那天来北票，
激情血誓红港桥。
领袖的教导，
时代的号召，
广阔的天地，
育红的学校。
呵，
第二个故乡，
亲爱的北票，
落后的面貌我们改，
锦绣的宏图我们描。

战斗在农村多荣耀，
誓叫北票换新貌。

(二)

根深叶正茂，
风雨不动摇。
一轮红日当头照。
雨露滋润壮禾苗，
天天向上高。
呵……
葵花面朝太阳笑，
我们心向北京跳。
劳动的自豪，
艰苦的荣耀，
卑贱的崇高，
奋斗的骄傲。
呵，
革命不停顿，
朝气永远葆，
要学劲松霜雪傲，
革命青春永不老。
战天斗地多奋骁，
风流人物数今朝。

(三)略

天安门广场颂歌[1]

（歌词）

沐浴着灿烂的阳光，
满怀着人民的期望，
我守卫在天安门广场，
把心中的赞歌对你高唱。

啊，英雄的广场！
啊，胜利的广场！
天安门经历战斗洗礼，
纪念碑增添新的荣光。
四五运动放光芒，
一代新人在成长。

啊，雄伟的广场！
啊，壮丽的广场！
大会堂汇聚漫天捷报，
金水河辉映遍地春光。

附注：

① 荣获 1978 年全国大学生歌咏比赛 创作表演双一等奖的歌曲。

新的长征号角响，
继续革命向前方。

沐浴着灿烂的阳光，
满怀着人民的期望，
我守卫在天安门广场，
把神圣的誓言对你宣讲。

用生命捍卫你的尊严，
用战斗谱写你的新章，
让鲜艳的五星红旗
在你的上空高高飘扬，
永远飘扬，
永远飘扬！

1976 年 5 月一稿
1978 年初修订

母校恋①

1994 年 5 月 20 日

（一）

绿山下，公园旁，
珍藏着我们金色的幻想；
翠柏拥，石桥昂，
迎送着我们难忘的时光。
啊，母校，
亲爱的母校，
我们衷情思恋，
为您歌唱。

（二）

红楼前，广场上，
回荡着我们往日的喧响；
柳叶鸣，小河淌，

附注：

① 应邀为母校大连 24 中 校庆 45 周年而作。

倾诉着我们今天的欢畅。
啊，母校，
亲爱的母校，
我们衷情思恋，
为您歌唱。

（三）

课桌前，操场上，
孕育了我们智慧和力量；
师恩深，学谊长，
激励着我们成长为栋梁。
啊，母校，
亲爱的母校，
我们奋发图强，
为您争光。

歌唱大工

——献给母校大连理工大学五十周年庆典

你在开国炮火声中光荣诞生，
延安宝塔遥望着你的远征，
渤海黄海同为你洗礼，
四海赤子共筑就你名殿盛城。
你用严谨勤奋的淳风熏陶莘莘学子，
你用求实创新的睿智开启拳拳心灵。
啊，大连理工大学，亲爱的母校，
我们为你歌唱，一往深情。

你在兴国战鼓声中前赴后拥，
大连凌水哺育出你的精英。
学苑科园争献你硕果，
八方校友高扬起你大旗雄风。
你靠团结进取的精神开创美好明天，
你以拼搏领先的气概勇攀科教高峰 。
啊，大连理工大学，亲爱的母校，
我们奋发向上，永耀你的英名。

1999 年 1 月 28 日于大连

交汇

巡场札记

1969年10月9日—11月14日，在生产队护秋看场。暇空闲余，天地徜徉，诗兴勃发，为有此作。

共计10首：

(一)秋村晨早

(二)旭日东升

(三)场边小路

(四)北国激情

(五)人欢马啸

(六)心潮沸腾

(七)绝壮憧憬(略)

(八)夕阳昏风

(九)渴望光明

(十)跌荡心声(略)

(一)秋村晨早

黄黍、白粱蒙罩一层银色的霜衣，
谷草、秫秸轻坠一线白色的绒须。
巡逻脚步，节奏分明，
遥望东方，天色徐朦。

朝霞映照着蓝天的白云，
晨雾低吻着大地的温馨。
雄鸡唱破村野静寂，
炊烟四处袅袅升起。

(二)旭日东升

我坐在场院的窝棚旁摊开日记，
默默地缅想昨天过得有何意义。
晚上从文献片中看见了毛主席，
激情驱笔留下这珍贵的回忆。

“东方红，太阳升，
中国出了个毛泽东。”
“一轮红日从韶山升起，
灿烂的光辉照亮大地。”

公社的广播喇叭传唱出这动人的歌曲，
我不由自主地抬头停笔，
蓦见光辉的太阳从东山跃起，
崇敬之情使我不禁肃然挺立。

心仪的程式再次恭举，
手捧红宝书，高颂赞语：
衷心祝愿您老人家万寿无疆，
最最敬爱的伟大领袖毛主席！

（三）场边小路

场边有一条蜿蜒小路，
每天我都来这里散步。

多少次踏着月光，
多少次踩着晨露。

这条小路不很宽阔，
每天过往的人却真多。

雄鸡啼叫凌晨，
几个老翁常来这儿游弋拾粪。

中午和傍晚时分，
从这儿返回大队劳动的人群。

太阳落山的时候，
护秋看地的人经这儿行走。

这条小路的常客，
队长每天沿此巡逻。

可是今天早晨，
天未亮哪来这么多人群？

红小兵敲锣打鼓，
排着整齐的队伍。

原来修建战备铁路工程，
民工们今天打这儿起程。

红旗和人流似海洋，
簇拥着胸戴红花者向前方。

我站在小路旁沉思，
这场面多么熟识。

啊，一年前远从桑梓来临，
小路正是这样迎接我们。

（四）北国激情

——调寄《贺新凉》

功罪千秋鉴，
洒淋淋青春热血，
死须何憾。
四顾青山心浩远，
茫野神思动乱，
静醉醒稼轩疾唤。
北望长城抒壮叹，
驾东风跨月播雷电。
兴怒吼，
起狂焰。

何时壮握乾坤剑？
是中华堂堂少艾，
刚强铁汉。
奋起吞江拔山力，
高傲雄心坦坦，
剑在握挥劈三患。
辟地开天何身手，
赞人民健臂英雄胆。
发抖吧，
帝修反！

（五）人欢马啸

——调寄《七律》

缨红鞭响马驴逐
活跃嘶鸣应呐呼
石碌碾平千朵穗
马蹄踏落万颗珠
播扬作雨弥天降
摇转成风遮地铺
归拢如山山也矮
摊平似海海还疏

（六）心潮沸腾

——读《普希金抒情诗集》

我坐在场院的谷草堆垛，
倾读普希金的抒情诗作。
透过纷纭繁华的行间字里，
我把深润着的真情探索。

一忽儿我周身热血沸腾，
一忽儿我内心沉闷冷漠。
一忽儿我目光闪亮清邃，

一忽儿我神飞渺茫异国。

祈盼窥破其中的奥秘，
诵似自抒，洞若观火。
寻求开启心灵的钥匙，
神清志诚，思敏心阔。

轻诵宛如流水明快的语言，
枯萎的心灵滋润甘霖仙酪。
细品深似浩海富蕴的寓意，
死灭的神经燃起熊熊烈火。

灵感迅猛地扑到我的身上，
驱散了心底的沉闷和寂寞。
满腔激荡起炽热的真情，
融会了诗人一生灿烂的珍果。

于是我走进一个新异的境地，
开启了诗人灵魂之门的金锁。
衷心赞美你啊，诗坛巨匠，
你展示了多么绚丽的生活。

你把亿万人民心灵的黑暗莽原开拓，
就象普罗米修斯传布人间圣火。
在黑夜与寒风中呼啸前进，
你把真理的火种到处散播。

倒下的先驱的热血在你周身沸腾，
你圣洁的心灵激荡着人民的脉搏。
你把犀利的笔在手中紧握，
奋臂把一切污秽腐朽戳破。

你激起人民心底善良的情感，
要把贪婪残暴的恶品吞没。
你不畏冷酷而歌颂自由，
用锋利的舌剑劈碎精神的枷锁。

你以饱满的热情、灵透的笔，
生动地浮现了俄罗斯的山野和村落。
使人一读起那新丽的诗句，
就仿佛置身于神美的陌国。

没有鲜明的恨也就无所谓爱，
恻隐之心是对暴敌的怯懦。
枉费对“贤明”帝王的赞盼，
乞灵暴君感悟——你的过错。

每当我珍爱地忆起你的丰获，
兴奋中总带着痛惋与疑惑。
一样赞美你的功伟，
世人为何对缺点缄默？

(八)夕阳昏风

壮怀着满腔热望，
你站在高高的谷堆上。
昏风拂乱你的黑发，
夕阳映你满面红光。

你目光迅飞，
　　巡索着辽阔的原野，
你心弦激荡，
　　欢奏出壮丽的诗章。

一簇簇、一行行，
　　棉田里拥出欢乐女郎，
　　　　顶棉举絮，英姿飒爽。
一列列、一趟趟，
　　薯地中挺起豪迈汉壮，
　　　　肩镐挑筐，神采飞扬。

金风吹起层层谷浪，
轻歌在山野回旋荡漾。
人流逐渐消散隐藏，

大地顿时清寂空旷。
晚霞烧红了西天，

你坠入云雾迷茫。
……盼念、遐想，
给你的精灵生出轻快的翅膀。

人，
　　虽留在故地，
心，
　　早飞向远方……

（九）渴望光明

夜幕笼罩了原野，
四周一片漆黑。
村庄、公路、小河、树木……
从我身边悄悄引退。

寒风阵阵袭来，
加紧步伐徘徊。
偶然想到神鬼，
渴望光明未来。

乌云渐渐散开，
天际微微呈白。
万籁无声的原野，
一片灰朦与阴皑。

一钩弯弯的明月，
苏醒了沉寞的深夜。
我在月光下踱步，
想着黑暗是黎明的前夜。

仰望浩瀚的苍穹，
闪烁着大小群星。
多象广阔的莽野，
散布燎原的火星。

亚非拉苍茫大陆，
沉睡了多少世纪。
东方传播来红色火种，
烧毁黑暗，创造光明奇迹。

——记住这个真理吧：
黑暗中的人向往灿烂光明！

附录 1

学苑精耕耘　教坛勤探索

——记宝钢优秀教师奖获得者韩大卫教授

韩大卫教授出生于 1948 年 5 月，祖籍湖北省钟祥市，汉族。1968 年 10 月作为辽宁省大连市知识青年到本省朝阳市北票县桃花吐公社下乡插队，1973 年底回城被分配到大连无线电三厂变电室当工人，1978 年初作为辽宁省恢复高考首批 520 万名考生之一，以“高考状元”的优异成绩被大连工学院（现为大连理工大学）录取为力学师资二班学生，次年又被推荐为新成立的数学师资班学生，1982 年 1 月毕业于应用数学系，获理学学士学位，同时留校到管理工程系任教。从 1984 年至 1992 年任管理学院管理数学教研室主任，1992 年至 2002 年任管理学院副院长。还曾兼任过中共管理学院党总支委员以及教工第四支部书记等职。曾任管理学院教授及本校管理科学研究所副所长，曾兼任中国电力教育协会经济管理学科教学委员会副主任，辽宁省数量经济学会副理事长、辽宁省管理数学学会副秘书长、大连市信息经济学会副理事长等职。

教书育人风范垂

韩大卫同志任教二十余年来，忠诚党和人民的教育事业，以很强的责任感、事业心、自觉的敬业精神和认真负责的态度从事教学等各项工作。虽然他的教学任务很重，年年超负荷运转，平均每年完成相当于3人的正常教学工作量，而且长期兼任较繁重的党政工作，但能以牺牲个人大量休息时间为代价，甚至有时带病坚持工作，始终如一地坚持精心教学，严谨治教，教学效果优秀，多次获得优秀教学质量奖和教学强手一等奖。

在教学各个环节的工作中，他不仅精于传授知识、培养能力，还注重提高学生的政治素质和艺术修养。他的获奖论文《政治性、科学性、艺术性——浅谈管理数学的课堂教学》和《坚持三性，从严治教》(优秀教学成果一等奖)正是在这方面成功实践的反映。他教书育人，为人师表，对学生既严又爱。无论是对作为教师、班主任，大学生课外科技活动指导教师的韩老师，还是对研究生导师的韩老师，他的学生都深有感触：跟韩老师学习，既能获得真才实学，又能领悟人生哲理。他的敬业和奉献精神以及身体力行，深受大学生、研究生、助教进修班的青年教师、进修教师和干部培训班等各类学员的尊敬、钦佩和热爱。

课程建设名品萃

韩大卫同志自1983年在本校首次开设“运筹学”课程以来，一直是该门课程的主讲教师和课程负责人。20世纪90年代中期，学校开始面临本科评优的严峻考验。按照国家教育部规定的达优标准，全校每个院系都至少要有一门一类课程。由于种种原因，当时管理学院还没有一类课程，而符合前提条件的该院本科课程，其负责人都不愿意把主要精力转移到一类课程建设中来。为了顾全学校大局，时任教学副院长、主管该院本科评优工作的韩大卫同志不计个人得失，毅然决定亲自带头从事“运筹学”的一类课程建设工作。在他的带领和主要参与下，经过不断努力建设,"运筹学"课程终于在1997年首次评审中,确定为全校一类课程;不久后,又成为全校的核心课程。在2000年新一轮考核中,再次被评为全校一类课程(现已更名为优秀课程),并获本校优秀教学成果特等奖。

在课程建设中,韩大卫同志深明教材建设始终是个中首要。早在1982年留校任教不久,他就开始涉猎其中。最初他编写的是适用于干部专修科教育的"运筹学"讲义和适用于干部短期培训的"管理数学"讲义,后又拓展完成适用于本科和硕士教育的"管理运筹学"讲义。1988年,他参编的《管理运筹学简明教程》由西安电子科技大学出版社正式发行;1995年,他独自编著的、78万字的《管理运筹学》教材由大连理工大学出版社正式发行;1998年,经修订精选,又出版发行了作为"中国经典MBA系列教材"之列的40余万字的同名教材,2002年,为之配套的《管理运筹学习题精解》出版发行。近几年,又追随信息时代潮流,以他为主,在"运筹学"课程辅助教材建设中也有颇多建树:开发完成了适应各层次学生所需的课堂教学多媒体课件、试题库课件、算法系统课件、网上教学系统课件等,还不断充实了教学案例,使用反响颇佳。目前,他编著的这部《管理运筹学》教材已发行至第四版,先后被包括中国科学院研究生院、上海交通大学等国内著名大学在内的几十个院校使用,在全国高教界有较高的知名度。

精耕勤索硕果累

韩大卫同志曾两次获得本校优秀教学成果特等奖、一等奖,还多次分获二、三等奖,优秀教材二等奖等;多篇论文获全国、省、市与本校优秀论文;先后被全国经济管理刊授大学总校、辽宁省计经委、大连市经委评为优秀教师；1997 年获宝钢全国教育基金优秀教师奖。他负责的管理数学教研室先后被评为本校先进集体和教学先进集体。他本人还曾被评为本校优秀党支部书记。

韩大卫教授主持和参与过国家自然科学基金项目，教育部博士点基金项目等几十项研究课题，其中“大连市九五及 2010 年经济、科技、社会发展若干重大问题研究”获 1997 年大连市(副省级)科技进步二等奖，“烟台电业局计算机 MIS”获山东电业局科技开发二等奖，“大连开发区投入产出综合经济研究”经国家教育部组织鉴定达到国内领先水平；发表百余万字正式出版的教材、案例、论文等著述，其中《多目标决策限界搜索法的一种改进算法》一文被中国香港国际教育交流中心与《现代教学论坛》杂志社评定为 1998 年亚太华文教学成果金奖。多年来培养硕士八十余名，指导的学士、硕士学位论文及科技论文也多次获得省市现代化管理成果奖和全国大学生“挑战杯”奖等。

身赴使命衷不悔

在繁忙的教学科研工作之外，韩大卫同志自留校任教以来，还长期兼任过各类党政工作。虽然这会影响其个人业务的发展，但本着干一行、爱一行、专一行、献一行的精神，二十年如一日，任劳任怨，敬业奉献，初衷不悔。尤其担任管理学院副院长十年中，主管本科教学、实验室与设备管理工作，同时协助院长分管师资管理的常务工作，其行政工作任务在各院系同仁中突出繁重。在其任内，从无到有，出色地完成了大量基础建设任务，例如，他策划并主持建成了当时全国领先的工商管理模拟实验室；主持完成了国际企业管理、国际金融、公共事业管理、工业工程(第二学位)等四个新专业的申办工作,并均获成功,其申报文件全都由他本人主持拟订,并且绝大多数都由他本人主笔完成;新专业增办数量位居全校前茅,其后的建设工作也都见显效。在辽宁省首批创建的五个优秀教学实验室中,就包括由韩大卫同志主持创建的管理学院计算机室;等等。近几年适逢本科评优,尤其2001年更是决定性的一年,为了全校和管理学院本科教学评优达标,他主动自觉地、长时间地、超负荷地投入其中,几乎牺牲了个人全部业余时间。当年下半年,该院本科评优达标的建设工作经过学校自评工作领导小组和专家组的考核,获得较高评价;同年末,该院本科教学工作在全校2001年的综合考评中,其综合指标荣登三甲,双语教学等单项指标位居榜首,达到历史新高;而且还摘取了当年全校优秀教学成果奖中唯一的一等奖,以及八个二等奖之一,位居全校榜首。所有这些,显然都与韩大卫同志的勤奋努力、默默奉献,及其踏踏实实地做了大量有益工作密不可分,纵然苦在其中,自当功在其中。

55岁的韩大卫同志现在仍然活跃在包括本科教学在内的各类课堂上,课程最集中时,多达每周20多个学时,开课时间经常占用周六、周日和晚间等休息时段,但都风雨无阻,欣然赴命。近二十余年来,韩大卫同志将他的全部心血都奉献给了他所从事的教育事业,尽管为此他失去了许多其他追求,但正如他在作的一首词中所言:“回眸少艾志凌空,错筹觥,论英雄。沥胆披肝,追梦壮歌冲。自古人生谁无憾,衷不悔,信无庸。”

(2003年刊载于大连理工大学校报)

附录 2

新华网博友题诗选

咏　友

旬万古

2008 年 11 月 23 日

睿智铁胆梅鹤松，雄浑豪放诗意浓。
神思自在九天遇，心意平常百年梦。
乾坤逍遥万古运，日月运转大地功。
闲来网上寻知己，互送佳句喜心通。

赠　友

秀野踏青

2009 年 1 月 21 日

鼠偷旧岁醋酸心，牛犁新春酒醉人。
网络生辉温暖咱，秀野踏青祝福您。
写意增色炎黄血，抒情气壮中华魂。
步步好运君走旺，篇篇佳作笔来神！

和　友

秀野踏青

2009 年 1 月 27 日

睿资孔明隆中论，
智济孟德将三军，
铁笔不逊仲宣赋，
胆识应得子龙钦。

题我博文《谁在动用“御用亲友团”?》

蜀蜀笑笑

2009 年 7 月 3 日

博客推荐位居首，
才华何需靠亲友。
人心自有公道在，
造谣污蔑终出丑。

七　律

欣赏《睿智铁胆博友留言汇编》有感

豫龙人

睿哲深远意境高，
智慧聪颖朝天啸。
铁血男儿性情在，
胆豪气壮任逍遥。
言击时弊多正义，
评说古今亦有道。
俱进与时非莫属，
佳作连篇最英豪。

李克勤(jixuie)题记

博友睿智铁胆是一位个性鲜明，仗义执言的诗人，很早就认识他，他的名气越来越大了，这就是思想的力量。在网上只要有思想，只要坚持自己的思想，迟早会被大家接受。

五 绝

和睿智铁胆《题一路边光腊月寒山》

2011 年 2 月 9 日

独行雪月山，
风影树声寒。
无悔人生路，
执著道义担。